生きていたサムライ精神

泉八雲と七人の明治人—

土谷精作

表紙の写真　鎌倉極楽寺裏山で著者撮影

【目次】

小泉八雲《ラフカディオ・ハーン》

はじめに　ハーンが出会った人々

小泉八雲と強く結ばれた明治の日本人七人をとりあげ、サムライ精神に裏打ちされたそれぞれの生きざまを描いてみようと思う。タイトルに用いた明治人という言葉には、明治時代に生きていた人物というだけでなく、その時代精神を体現していた人物という意味をこめている。本書でとりあげる七人の明治人と小泉八雲の関係を簡単に紹介することにしよう。

ラフカディオ・ハーンは日本の紀行記事を書くために、明治二十三年、西暦一八九〇年の春に日本に渡って来た。当初は短期間の滞在を考えていたが、日本と日本人を深く理解するために日本に長くとどまることを望み、知友の斡旋を得て、島根県の松江尋常中学校に英語教師として赴任した。

ここで出会った教頭の西田千太郎《にしだせんたろう》はサムライの家に生まれ、いろいろな艱難を乗り越えて母校の教頭になった人物であった。英語が得意な西田はハーンのよき相談相手であり、相互に敬愛した二人は心の友になっている。創作活動に西田の協力を得ていたハーンは、来日第二作の『東の国から』を西田に献呈している。

ハーンを松江中学に招いたのは、当時の島根県知事 籠手田安定《こてだやすさだ》であった。籠手田知事は平戸藩士として幕末動乱の時代を体験した人物で、サムライの風格を備えた籠手田知事にハーンは魅せられ、親しみをこめて籠手田知事の人物像を描いている。

松江時代のあと、ハーンは旧制熊本五高に赴任し、漢文の老教師であった秋月胤永《あきつきかずひさ》と知り合った。若い時代の通称で呼ぶと、秋月悌次郎《ていじろう》は漢詩文に優れた旧会津藩士で、戊辰戦争に敗れた会津藩の戦争責任者として三年間、牢獄につながれた経歴がある。秋月の風貌は古武士そのもの。サムライ精神の精髄を体現していると、ハーンは作品のなかで評している。

明治二十九年（一八九六年）、熊本五高を辞任して神戸に移ったハーンは、妻の小泉セツと長男一雄《かずお》の将来を考えて日本に帰化することを決意し、小泉家に入籍して小泉八雲と改名した。この年の六月、三陸沿岸を大津波が襲い、二万二千人の死者を数える大災害が起こっている。

この三陸大津波があったとき、被害が最も大きかった岩手県の知事を務めていたのは服部一三《はっとりいちぞう》であった。来日前にアメリカで新聞記者をしていたハーンは、たまたまニューオーリンズで開かれた万国博覧会を取材し、日本館の事務官をしていた服部と出会っていた。ハーンが来日したとき、文部省の局長職にあった服部は、ハーンに松江中学の教員ポストを斡旋している。二人は運命の糸で結ばれていたといえるだろう。

服部一三も長州藩士の家に生まれ、幕末の長州戦争のときは奇兵隊の一員であった。維新のあと、アメリカに留学して理学を学び、日本地震学会の初代会長を務めた人物である。明治新政府の官僚たちの多くは、服部と同じように、サムライの家に生まれ、サムライとしての教育を受けた人々であった。

大津波の惨状を知った小泉八雲は津波を題材にした物語を書き、アメリカの雑誌で発表した。この作品「生き神様」は、幕末の和歌山で実際にあった話を題材にしたものである。稲むらに火をつけて大津波から村人を救った老人の話は、世界の人々に感銘を与えた。この作品によって、「ツナミ」という日本語が世界に広まったことはよく知られている。

この作品のモデルは和歌山の庄屋　濱口儀兵衛《はまぐちぎへい》(号は梧陵《ごりょう》)で、江戸の種痘所を支援し、若き日の勝海舟に資金援助を続けた人物である。明治十七年、渡航したアメリカで客死し、ハーンと会うことはなかったが、幕末の日本には、利害を顧みず、人びとに尽す濱口梧陵のような人物がいたことを紹介するために、小泉八雲と深く結ばれた明治人に加えることにした。

ハーンは四十歳で来日し、日本人小泉八雲として五十四歳で没するまでの十四年間に、日本と日本人を題材にした多くの作品を残した。来日第一作の『知られざる日本の面影』や代表作の『怪談』、日本研究の集大成といえる大作『日本――一つの解明』など、日本に来てからのハーンが残した著作は十一にのぼっている。

このうち来日第三作の『心』は、横浜でクリーニング業を営んでいた市井の文化人雨森信成《あめのもりのぶしげ》に献呈されている。雨森は福井藩士の家に生まれ、サムライの子として厳格な躾をうけて育った。青年時代の雨森は、開港地横浜でキリスト教の宣教師と出会い、いったんはクリスチャンになったが、欧米諸国を放浪している間に、西洋近代文明の実態を知り、キリスト教の信仰を捨てて、日本の精神文化に回帰した人物である。

日本の歴史、思想、文学などに通じていた雨森は、親しい友人になったハーンの著述活動にさまざまな形で協力し、自らの魂の遍歴をハーンに語っていた。ハーンはこれを題材にして「ある保守主義者」という作品を書いている。

ハーンにかかわりの深い人物をもうひとりあげておこう。日本民法の父といわれる法学者の梅謙次郎《うめけんじろう》である。松江藩の藩医の家に生まれた梅謙次郎は神童といわれた非常な秀才で、幼少の時代、足軽の街にある私塾で漢学を中核としたサムライの精神を叩き込まれた。西田千太郎の先輩である。妻のかねが小泉セツの縁戚であることから小泉八雲の信頼は厚く、心筋梗塞を起こして死を自覚した八雲は遺言を梅謙次郎に託している。

以上、本書でとりあげる七人の明治人のうち、濱口梧陵と秋月悌次郎は一八五〇年生まれのハーンより二回り以上も年上である。黒船来航に衝撃を受け、幕末維新の動乱期を生き抜いた経歴をもつ。十歳年上の籠手田安定は幕府倒壊の現場を見た人物であり、同世代の服部一三も幕末の長州戦争に奇兵隊の一員として加わっている。

秋月、籠手田、服部の三人は、いずれもサムライの子弟として育ち、サムライとしてそれぞれの立場で激動の時代に向き合ってきた。濱口梧陵は豪商であるが、サムライの気概で黒船来航以後の国事にかかわった人物である。

江戸幕府が倒れたあと、明治新政府による廃藩置県や廃刀令などによって、サムライの時代はすでに終わっていた。しかし、ハーンが来日したころはまだ、サムライとして戦場を駆け抜けた人々が生き残っていたのである。こうした人々と接することはハーンの探求心を大いに刺激したのではないかと思う。

一方、雨森信成、梅謙次郎、西田千太郎の三人はハーンより十歳前後年下で、幕末維新のころは少年であったが、いずれもサムライの家に生まれ、サムライとしての魂を身につけて、明治の新時代を迎えた。境遇は異なるが、欧米の近代文化を吸収することに渾身の努力を重ねた明治の知識人である。

小泉八雲はこうして知り合った人々のなかにサムライ精神をみた。八雲もサムライの心に共感していたのであろう。小泉八雲と彼らは互いに敬愛し、誠実に助け合う友情で結ばれた。そこから小泉八雲の多くの作品が生み出されていったのである。

【参考】

	（生年）	（ハーン来日時の年齢）
ラフカディオ・ハーン	(1850)	四十歳
濱口梧陵	文政三年 (1820)	故人（明治十七年に六十四歳で死去）
秋月悌次郎	文政七年 (1824)	六十六歳
籠手田安定	天保十一年 (1840)	五十歳
服部一三	嘉永四年 (1851)	三十九歳
雨森信成	安政五年 (1858)	三十二歳
梅謙次郎	万延元年 (1860)	三十歳
西田千太郎	文久二年 (1862)	二十八歳

【参考】　　小泉八雲の略年譜　～登場人物との関係～

【生誕～アメリカ時代】	
1850（0歳）	ギリシャ・レフカダ島で生誕。2歳のときアイルランドへ
1854～1866	父母との離別（4歳）、両親離婚（7歳）。左目を失明（16歳）
1869（19歳）	渡米、新聞記者として生活。のちニューオーリンズに移住
1885（35歳）	万博会場で日本の展示を取材。**服部一三**とたびたび会話
【日本時代】	
1890（40歳）	来日して旧制松江中学へ赴任。**西田千太郎**、**籠手田知事**と親交
1891（41歳）	小泉セツと結婚。旧制熊本五高へ転任し、**秋月悌次郎**と親交
1894（44歳）	『知られざる日本の面影』刊行、神戸・英字新聞社に転職
1895（45歳）	「東の国から」刊行
1896（46歳）	帰化して小泉八雲と改名。文科大学講師に就任。 『心』刊行（**雨森重信**をモデルにした「ある保守主義者」を掲載）
1897（47歳）	「仏の畑の落穂」刊行（**濱口梧陵**をモデルにした国語教科書「稲むらの火」の原作を掲載）
1903（53歳）	文科大学から解雇通知（学生の留任運動）
1904（54歳）	早稲田大学講師に就任、「怪談」刊行。**梅謙次郎**に遺言を託し急逝

西田千太郎

（小泉八雲記念館蔵）

ハーンの心の友　西田千太郎
―漢学塾が育んだ武士の魂―

小泉八雲の妻小泉セツはハーンと過ごした日々を語った『思い出の記』のなかで、西田千太郎によせたハーンの思いを次のように回想している。

　学校は中学と師範の両方を兼ねていました。中学の教頭の西田と申す方に大層お世話になりました。二人は互いに好き合って非常に親密になりました。ヘルンは西田さんを全く信用してほめていました。「利口と、親切と、よく事を知る、少しも卑怯者の心ありません、私の悪い事、皆言うてくれます、本当の男の心、お世辞ありません、と可愛らしいの男です」（中略）
　東京に参りましても、この方の病気を大層気にしていました。西田さんは明治三十年三月十五日に亡くなられました。亡くなった後までも「今日途中で、西田さんの後姿見ました、私の車急がせました、あの人、西田さんそっくりでした」などと話した事があります。似ていたのでなつかしかったと言っていました。早稲田大学に参りました時、高田さんが、どこか西田さんに似ていると言って、大層喜んでいました。

高田さんは小泉八雲を早稲田大学に招請した高田早苗《たかたさなえ》（第三代総長）のことであり、「」のなかは、たどたどしい日本語でセツと会話していたヘルン言葉である。西田の人柄を敬愛していたハーンの心情が率直に表れていると思う。道行く人の後姿に西田を想うハーンにとって、西田千太郎はまさに心の友であった。

この一文では、ハーンがなぜ西田千太郎を心の友とするまでに敬愛したのか、西田千太郎の短い生涯をたどりながら、二人の心の交流を探ってみたい。

足軽の街に生まれて

西田千太郎は文久二年（一八六二年）九月十八日、父平兵衛（三十二歳）と母マツ（三十歳）の長男として、松江藩の城下町に生まれた。父は松江藩の下級武士、いわゆる足軽身分の武士で、現在の松江市雑賀町《さいかまち》に足軽屋敷を与えられていた。ここは松江城から大橋川をはさんで南側にある足軽の街で、雑賀千軒とよばれていた。狭い道路で碁盤の目のように区切られた街区に、間口の狭い屋敷がひしめいていた。明治時代に大火があったとはいえ、その街並みは今も往時の面影を残している。

父平兵衛は有能な人物で、足軽組の小頭（分隊長の役）を務めていたが、足軽身分の俸禄はわずかで、家計は苦しかった。足軽身分の家柄に与えられる平均的な俸禄は十五俵二人扶持、換算すると年間の扶持米は九石五斗であったという。現代の物価に換算すると、年収三十万円程度になるであろうか。いかに質素に暮らしても、この僅かな扶持米で一家が暮らしてゆくのは容易なことではなかった。

そこで足軽の家の人々は、生活の糧を得ようと元結《もとゆい》や張り子の虎などを作る内職に励んでいた。元結は髻《もとどり》を結ぶ細い緒である。また張り子の虎は伝統的な郷土玩具として、いまも松江の土産物になっている。西田家の人々もなんらかの内職に励んでいたことであろう。

西田千太郎が生まれて二年後の元治元年（一八六四年）、第一次長州戦争がはじまり、松江藩は幕府親藩として出陣した。慶應二年（一八六六年）の第二次長州戦争では、長州口の戦いに敗れて海上に脱出した浜田藩主らを松江藩の軍艦が救出している。西田千太郎の幼年期は幕末動乱の時代であった。

やがて明治維新。数え八歳の西田千太郎は雑賀町にあった漢学者澤野修輔《さわのしゅうすけ》の私塾「培塾《ばいじゅく》」に入って、論語の素読などを習いはじめた。澤野修輔は同じ雑賀町の足軽の家に生まれ、刻苦勉励、ほとんど独学で漢学者として自立した人物である。藩校で学ぶことを許されなかった身分でありながら、不屈不撓の精神を保ち続け、自立を求めて努力した半生であった。

ここでしばらく澤野修輔について書くことにしたい。

澤野修輔は文政十一年(一八二八年)、松江藩の足軽澤野文兵衛の次男として、西田家と同じ雑賀町の足軽の街に生まれた。家禄を継ぐことはできないため、漢学を好んでいた修輔は漢学者として自立する道を目指したが、その道は困難を極めていた。藩校に入ることを許されない修輔は刻苦勉励、ほとんど独学で漢学を学び、二十八歳のときには江戸に留学している。この江戸留学は藩費によらず、周囲の理解者から資金援助を得て実現したものであった。

留学から帰国したあと、澤野修輔はふるさとの街、雑賀町の一角に私塾を開き、近隣の子弟に漢学を教えていた。修輔はこの私塾を培塾と名づけている。ふるさとの子弟たちが心を培い、それぞれの素質と才能を開花させてほしいという願いをこめたものであった。足軽の街の子弟は次々に培塾に入門した。

晩年の澤野含斎

元治元年（一八六四年）、藩命により大阪へ留学。帰国した澤野修輔を待っていたのは培塾の新しい教場であった。修輔が留学している間、足軽の街の人々は資金や労力を出し合って、培塾の新しい教場を建てていたのであった。敷地は宍道湖畔近くの空き地で、藩から貸し与えられていた。明治維新の前夜、足軽の街の人々の教育によせる心意気が伝わる話である。

培塾に学んだ子どもたちのなかに、民法の父といわれる梅謙次郎《うめけんじろう》がいた。梅謙次郎は松江藩の藩医の家に生まれ、兄の錦之亟とともに宍道湖畔の家から培塾に通っていた。十二歳のときに藩主松平定安《さだやす》の前で日本外史を論述したほどの神童で、培塾の子どもたちは「謙次郎をみならえ」といわれていた。その梅謙次郎は後年、小泉八雲から遺言を託されている。人間のめぐりあわせは不思議なものである。

この澤野修輔は培塾に学ぶ少年たちに、儒教の精神に基づいた武士の魂を説くとともに、不屈不撓、自立の精神を養うことを強く求めていた。明治という新しい時代、足軽の街の子どもたちには多くの困難が待ち受けている。不撓不屈の精神で困難をのりこえて自立せよ。こう熱く説き聞かせる澤野の言葉は子どもたちの心を奮い立たせた。足軽の街の人々は、澤野修輔の苦闘の人生を知っていたからである。西田千太郎も師の言葉を胸に刻み、培塾を巣立った一人である。

明治新政府は明治五年（一八七二年）、「家に不学の人なからしめん」という理想を掲げて、新しい学制を布告した。この布告をうけて明治六年の春、雑賀町の洞光寺《とうこうじ》に雑賀小学校が開設され、澤野含齋《がんさい》（修輔の号）が初代校長に就任した。教員には、培塾に学んだ門人たちのうち数学や教育学などを修めた人々が駆けつけ、澤野校長を援けている。そのうちの一人、渡部寛一郎《わたなべかんいちろう》は後年、松江教育界の中心人物として西田と親しく交流しており、西田の日記にしばしば登場している。

新設の雑賀小学校には、西田千太郎をはじめ岸清一や奥村礼次郎（のちの若槻礼次郎）らが入学した。西田は数え十二歳、感じやすい齢ごろである。澤野含齋の言葉は少年たちの心に浸みこんでいった。それは己に厳しく責任を果たす。名利を求めず、他者に誠実に接するという武士の魂 ―サムライ精神― に基づく生き方であった。

このころ、西田家は大火に巻き込まれ、宍道湖の洪水に見舞われるという災厄に見舞われた。明治七年六月八日未明、足軽の街の一角で火事が発生し、雑賀千軒といわれた足軽の街は一夜にして焼けてしまった。西田家も類焼し、一家五人は宍道湖畔に近い廃屋に避難していた。ところが一か月ほど経った七月上旬、大雨が続いて洪水が発生し、今度は床上一尺（三十センチ）まで浸水する災難に遭ったのである。

少年時代の西田千太郎は生活の苦しさに加え、火災と洪水という災厄に見舞われたが、その困苦を乗り越え、教育者への道を歩んでいったのである。

人生の転機 ―教育者への道―

明治八年の春、松江城の南側にある濠端に教員伝習校が開校した。師範学校の前身である。この教員伝習校に付属小学校が設けられ、西田少年は雑賀小学校から転校して、ここに通うことになった。当時の島根県令 井関盛良《いせきもりよし》は元宇和島藩士で、旧藩主の伊達《だて》宗徳《むねのり》から三男隆丸《たかまる》の教育を託されたため、隆丸をともなって松江に赴任していた。隆丸が付属小学校に通うことになったので、その学友として西田少年がえらばれ、県令邸に住みながら付属小学校に通う生活がはじまったのである。

学友といったが、実質は「学僕」である。元大名の子の面倒をみる生活は緊張を強いられた日々であったろう。のちにハーンは西田のこまやかな心配りに感動しているが、そうした西田の心配りは少年時代の学僕の体験に養われたものかもしれない。この学僕の生活を終えた十五歳の西田千太郎は、明治九年の秋、教育伝習校に設けられた変則中学科に入学した。

この変則中学科は翌明治十年、独立して松江中学となった。三年制の和漢科のほかに四年制の英学科が設けられ、数え十七歳の西田少年は英学科に転入した。英学科の主任教師は東京大学予備門の教諭から招かれた清水彦五郎《しみずひこごろう》であった。明治十年は西南戦争があった年で、日本全体が戦乱に巻き込まれていた。そのなかで教育制度の改革が毎年のように重ねられていたことに、国家の変革を教育によって進めようとする為政者たちの強烈な意志を私は感じる。

英学科の同級生には、付属小学校からの友人である志立鉄次郎《しだちてつじろう》がいた。大正時代の初め、日本興業銀行の第二代総裁を務めた人物である。また、英学科の一年下のクラスには、雑賀小学校でともに学んだ岸清一《きしせいいち》と若槻礼次郎《わかつきれいじろう》が入学してきた。岸はのちに弁護士となり、日本スポーツ界の父といわれている。若槻は大蔵官僚を経て政界に入り、憲政会の重鎮として二度にわたって内閣総理大臣を務めている。彼ら四人は堅く結ばれた生涯の友であった。

生徒たちの信望が最も篤かったのは清水彦五郎先生であった。清水先生はアメリカで出版されたばかりの英書を持ち込み、最新の海外知識を生徒たちに授けたという。明治十三年、清水先生は任期が終わって松江を去ったが、西田の日記によると、生徒たちは十キロあまり離れた中海《なかうみ》の揖屋《いや》港まで歩いて見送り、師弟ともに別れを惜しんで涙を流したと記されている。札幌農学校のクラーク先生を彷彿させるエピソードである。

このころ、西田千太郎の身に大きな転機が訪れた。明治十三年(一八八〇年)九月、西田は学校を二年で中退して月俸三円の授業手伝を命じられたのである。終始、首席を通していた明晰な頭脳が評価されたのであるが、貧しい家庭事情が考慮されたのであろう。

しかし、不幸にして西田は健康に恵まれなかった。西田が残した日記には、悪寒発熱などにより、たびたび病床に臥して学校を休んだことが記されている。松江中学の授業を手伝うようになってからも病気がちで、明治十四年五月の日記には、「熱は四十度にのぼり、毎日毎夜、悪寒が甚だしかった」と記している。医者の投薬でしのいでいたが、のちには少量の血痰を発するようになる。肺や気管支の持病は西田の生涯を苦しめ続けた。

この間、友人たちは進学を志して、次々に上京していった。志立鉄次郎に続いて岸清一が上京し、岸からは東京での近況を報せる手紙が届いた。大学予備門の補欠試験を受けた一二二名のうち岸ひとりだけが合格したこと、出雲から上京した岸や志立ら八人の学生が集まって、「雲国学生会」なる会を組織したことなどが記されていた。もうひとりは若槻礼次郎。当時、奥村姓であった礼次郎は学費がつづかず、松江中学を中退して小学校の代用教員をしていたが、明治十七年の夏には代用教員をやめ、司法省法学校を受験するために松江を発っていった。

見送る西田の胸中は羨望の思いが渦巻いていたことであろう。松江中学で授業手伝いの職を得て、結婚もしていたが、正式な教員免許があったわけではない。このままでは、生涯埋もれてしまう心配がある。教員免許を取るために上京したい。しかし、不安もある。病気がちの身が妨げにならないか。上京する資金をどうするか。揺れ動く西田に岸清一から上京を勧める書簡が届いた。明治十八年三月八日づけの長文の書簡である。候文の書簡の一部を現代文にして紹介しておこう。

…御出京、御修業の事を考えておられるとのこと、ほのかに承っています。小生は先生が速やかにその挙に出られんことを希望いたします。…先生にとって今は大切な時なので、授業に費やす時間を転じて、先生一身の勉強の時間に充て、後日、名を天下に挙げる基礎を開かれることが得策と考えます。…先生の肺患はもはや全快し、時々の発病は身辺の状況に対する鬱憤によるものではないかと拝察します。…この機に乗じて、断然、上京され、出雲男子にも不撓の精神があることを示されるよう心から願っています。…

西田は明治十八年七月、上京して検定試験を受けることを決意し、辞表を提出している。ふっ切れたのであろう。このあと西田は日々の出来事を日記に記すようになり、明治三十年に死去する直前まで書き続けている。この日記は次男の西田敬三氏によって、昭和五十一年に公刊され、ハーン研究の貴重な資料になっている。以下、『西田千太郎日記』にしたがって、東京への遊学とその後の歩みを見ることにしよう。

遊学　そして再び母校へ

明治十八年（一八八五年）の夏、数え二十四歳の西田千太郎は友人の本庄太一郎《ほんじょうたいちろう》とともに松江を発って東京に向かった。妻子は松江に残している。

その旅は楽なものではなかった。まず、米子から南下して急峻な山道が続く四十曲《しじゅうまがり》峠を越え、岡山県の落合へ。そこから川船で旭川を下って岡山。岡山から汽船で神戸へ向かい、貨客船に乗り継いで横浜に向かう七日間の旅であった。西田が乗った貨客船は紀州灘で暴風に遭い、船荷の硫酸数十函と子牛八十頭を海中に投じたという。明治時代の中頃、出雲から上京することは並大抵のことではなかった。

東京に着いた西田は築地にあった立教大学校（立教大学の前身）で仮入学を許され、英会話や英作文などを学ぶ一方、図書館に通って哲学など諸学科の原書を読んでいた。また、有志学術攻究会という会に入り、経済学、心理学、論理学などの講義を聴講している。独学というべきものであった。

日記を見ると、西田は勉学の合間を縫って上野の動物園や博物館を見学し、岸清一に誘われて東京大学の植物園も訪れている。また岸や志立らが集まる雲国学生会に入会して旧友たちと歓談している。旧友たちとの交流は西田にとって何よりの喜びであった。雲国学生会は、東京出雲学生会と名を変えて今も続いている。

しかし、遊学のさなかでも西田は持病に悩まされていた。十一月中ごろには発熱、咳と痰に悩まされ、東京大学病院の診察を受けている。気管支カタルの診断であったが、月末まで病床に臥している。また翌年一月と三月にも喀血している。

このなかで教員免許の検定試験がはじまり、西田は病をおして検定試験を受験した。受験科目は英語をはじめ心理学、論理学、教育学、経済学。試験の結果、文部省から心理、論理、経済、教育の免許状が渡されたが、英語の免許はなかった。不合格であったのであるが、西田は明治二十六年になって無試験の検定で英語の教員免許を得ている。

正式な教員資格を得たところで兵庫県から招請があり、西田千太郎は明治十九年、姫路中学校の教諭に就任した。数えで二十五歳、月俸は四十五円であった。松江中学の授業補助の時代は月俸十円であったから、正式な資格を得て暮らしは楽になったわけである。八月、西田は姫路から人力車に乗って、陸路、四十曲峠を越え、松江に帰郷している。

ところが、姫路中学の教員生活は一年に満たずして終わった。この年、明治政府は公立の中学校を一つの県に一校とする方針を定め、中学校の整理が行われた。これによって、兵庫県では神戸中学校を残して姫路中学校は廃校とされたのである。就任九か月で解任された西田は、四国の坂出に渡り、新設された私立中学、済々学館《せいせい》の教長を務めている。

松江時代からの親友、志立鉄次郎にあてた手紙のなかで「幼稚きわまる生徒を相手として、週に二十五時間の授業をするのは骨も折れず、病気保養のためには至極妙であるが、指導の方にはずいぶん心を痛めている」と書いている。一年間の任期を終えた西田は妻クラを坂出に残して上京した。出産が迫っていたからで、間もなく長男が坂出で生まれた。

上京した西田は心理教育学の原書を翻訳する仕事をはじめた。翻訳者として生きるつもりであったのかもしれない。しかし、島根県からの度重なる招請をうけて、西田は再び、母校松江中学の教壇に立つことを決意した。

松江中学の教諭は他県から赴任した人が多く、腰を据えて教壇に立つことができる郷土出身の教諭を切望する説得に応じたのであった。明治二十一年の夏、西田は岸清一や若槻礼次郎ら雲国学生会の友人たちに見送られて東京を発ち、松江に帰郷した。教員資格の検定試験を受けるために上京してから三年間。他郷での教員生活も体験した西田は母校での教壇生活に生命《いのち》をかけることになる。

ヘルン先生との出会い

母校の松江中学では、師範学校と共用していた古い校舎の隣に、中学専用の新しい校舎が建てられていた。地元の有志が資金を出し合って、前年に建設されたものであった。新しい校舎にふさわしい教員を迎えたい。その期待をこめて西田が招聘されたのである。母校の教壇に戻った西田は主に英語の授業を担当し、万国史（世界史）、万国地誌（世界地理）、さらには代数なども担当した。

当時の島根県知事は肥前平戸藩出身の籠手田安定《こてだやすさだ》で、滋賀県知事から転任してきた人物である。籠手田は山岡鉄舟に師事して一刀正伝無刀《いっとうしょうでんむとう》流の免許皆伝をうけた剣術の名手であったが、教育観は開明的で英語教育には外人教師が望ましいと考えていた。西田が着任した翌年の明治二十二年九月、カナダ人のM・Rタットルが松江中学に英語教師として招聘されている。

ところがタットルはいろいろと問題の多い人物であった。授業中の言動にも問題が多く、生徒たちはタットル先生に反感をもっていた。明治二十三年七月、タットルは任期途中ながら解雇され、代わりの英語教師として、ラフカディオ・ハーンが招聘されたのであった。ハーンが籠手田知事と交わした契約書には「ラフカヂオ・ヘルン」と記されている。爾来、松江の人々は、親しみをこめてハーンをヘルン先生と呼んでいる。

ハーンが松江に着任したのは明治二十三年（一八九〇年）八月三〇日。この日、西田はハーンを宍道湖畔の旅館冨田屋に訪問している。日記には「久シク新聞及び著作ニ従事セル人ニシテ年齢三十九、本年四月初テ日本ニ来リ日本ノ事情詮索ニ力ヲ尽セリ。割合ニヨク日本ノ生活法ニ慣レル」と記している。これが西田とハーンの初めての出会いであった。

この日以降、西田とハーンの交際は深まっていく。日記によると、九月二日、西田はハーンをともなって県庁を訪れ、籠手田知事との対話の通訳をしている。ハーンは籠手田知事の堂々として品格のある容貌と鷹揚で親切な応接に心を打たれたようで、来日第一作の『日本の面影』のなかで、籠手田知事を好意的に描いている。

西田の日記にはこのあともたびたびヘルンの名前が登場する。その記事を拾ってみよう。月日の表記は原文のままだが、記事は現代文に書き換えてある。

九月廿七日　ヘルン氏と同伴して知事宅を訪れ、たまたま飾り付け中の雛人形や古画古器などを観た。茶の湯の饗応を受け、撃剣を観る。知事の令嬢が松江婦人会の幹事らを招いた宴席に列し、令嬢の弾琴などにヘルン氏は大いに喜んだ。

九月廿八日　ヘルン氏とともに斎藤氏（校長）に招かれる。清楽等の合奏があり、ヘルン氏も英仏二国の歌を唱吟した。たまたま中秋の名月の夜にあたり、満天雲一つなし。

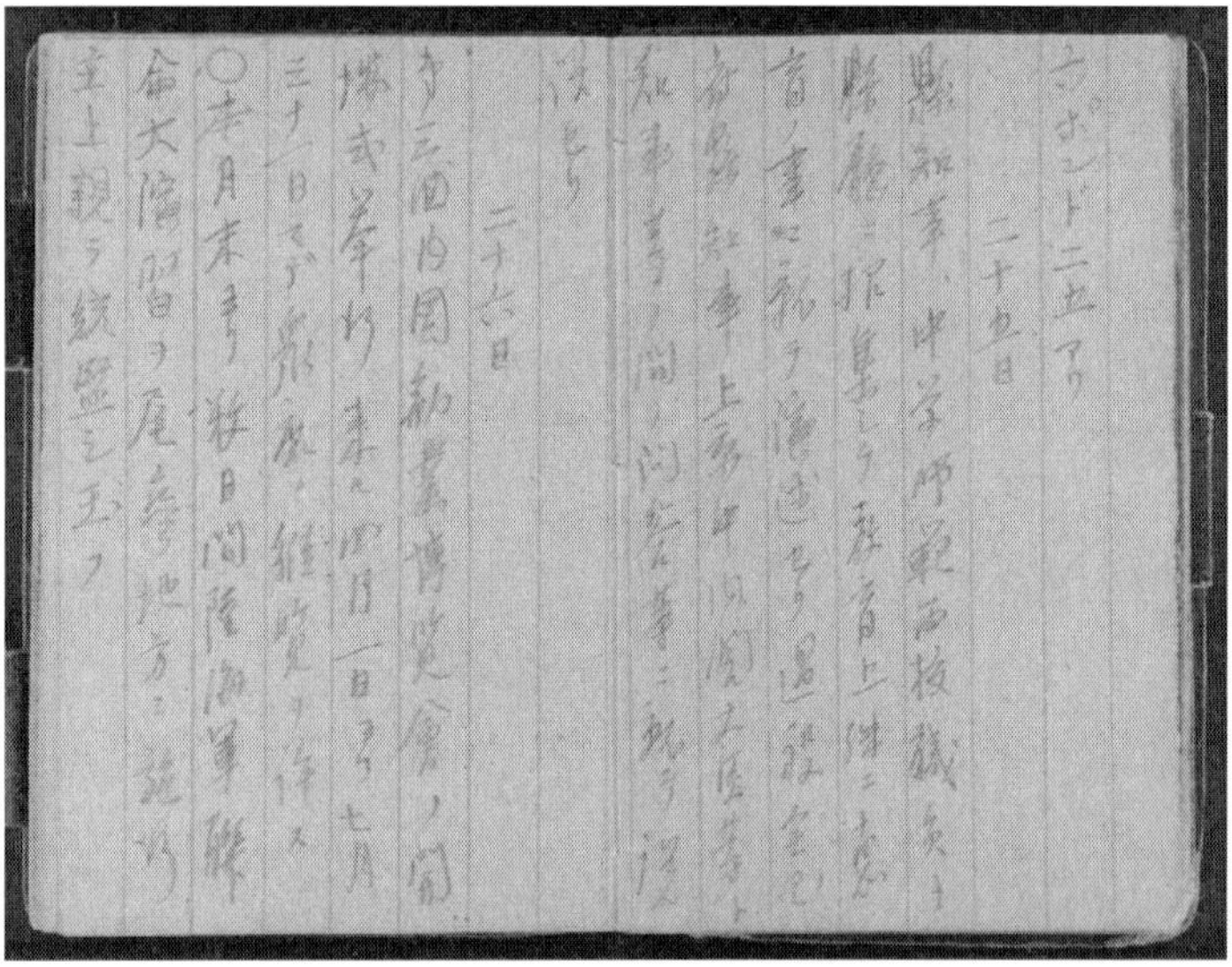

西田千太郎自筆の日記（島根県立図書館蔵）

十月三日　彫刻師荒川重之助氏とともにヘルン氏に招かれ、鄭重な饗応をうけた。美術上の談話はすこぶる愉快であった。これより先にヘルン氏は寺町龍昌寺の庭にある地蔵像が傑作であることに感動し、きのうは余とともに作者荒川氏の作業場を訪れた。

十月九日　ヘルン氏と同伴して須衛都久《すえつく》神社と白潟《しらかた》天満宮に参拝し、諸種の玩具を買い、お守り札を受けた。ヘルン氏は日本玩具についての著作を企てており、お守り札を蒐集して神道の研究をしている。

十月十日　荒川氏とともにヘルン氏宅に招かれ、小宴を供された。

十月十一日　ヘルン氏とともに樂山の陶器師方を訪問。失望した。

十月廿一日　ヘルン氏を伴って帰宅し、酒飯を饗した。

十月廿六日　島根県教育会の総会があった。この日、突然三回も喀血し、止血剤を服用、皮下注射をしたが、予ねて約束していたため、やむを得ずヘルン氏の長い演説を通訳した。懇親会には列席しなかった。

十月廿七日　喀血まだ止まらず、熱気が甚だしいので帰宅、氷嚢で左胸上部を冷やした。夜に入って四〇度以上の発熱。

十月廿九日　熱が下がり、氷嚢は止めた。ヘルン氏は毎日見舞いに来て果物などを贈られた。

ハーンが松江に着任してわずか二か月の間にこれだけ濃密な関係が生まれている。日記にあるように、ハーンは島根県教育会の総会で「教育における想像力の価値」と題する長い講演を行っている。講演の内容は、想像力こそ社会の進化をもたらす原動力だというハーンの信念を語るもので、この考えは、当時、世界的な影響力をもっていたイギリスの哲学者　ハーバート・スペンサーの教育論に基づくものであった。

この日、西田は三回も喀血していたが、かねて約束していたため、止血剤を飲んでハーンの長い講演を通訳した。東京遊学中にスペンサーの教育論を学んでいたからこそ、講演を通訳できたのであるが、西田が病をおして通訳をしたことを知って、ハーンは西田の人格に感動した。

スペンサーの社会進化論を知っていた知性。病気をおして約束を果たす責任感。こうした武士の魂　―サムライ精神―　に触れて、ハーンが西田を尊敬したことは間違いない。ハーンはこの年の暮れ、病床に臥した西田を毎日のように見舞っている。

年が明けると、今度はハーンが病に倒れた。一月中旬、寒気に襲われたハーンは気管支カタルと診断され、病床に臥した。松江中学の校長が辞任して松江を去ったため、西田が校長心得に任命されていたが、今度は西田が毎日のようにハーンを見舞っている。このとき、ハーンの看病と家事を手伝うため、小泉セツが雇われ、セツは心を込めてハーンの世話をした。やがてハーンとセツは結ばれ、夫婦になった。セツと西田の存在がなければ、ハーンはやがて日本を去って、漂泊の旅に出たかもしれない。ハーンにとって、まさに運命の出会いであった。

熊本からの手紙

山陰の冬は重苦しい。鉛色の雲が空を覆い、日本海を吹き抜けた北西の風が宍道湖の湖面を流れてくる。寒さが苦手なハーンは、温暖な土地での教職を希望していた。松江での生活が一年を過ぎた明治二十四年の秋、東京にいる友人のチェンバレンから、熊本の高等中学校（熊本五高）に月俸二百円のポストが空いたという知らせがあった。熊本への転任を決意したハーンは病床の西田を訪れてこれを伝え、十月末に松江中学を辞任した。

このころ、激しい咳と発熱、血痰に苦しんでいた西田は、熊本に向かうハーン一家を送る思いを日記に記している。明治二十四年十一月十五日の日記である。

予ノ氏ト交ルヤ最モ親密ナリ。殊ニ毎々書籍ノ寄贈又病気見舞ノ贈品等ヲ受クルヲ以テ、餞別トシテ贈物ヲナサント欲スルノ企アリシモ、折悪シク病中ニテ意ノ如クナル能ハズ。…予ガ病気ノ為ニ氏ノ世話ヲナシ得ザリシハ氏ガ最モ哀シミシ処ニシテ、予ノ最モ遺憾トセル所ナリ。

松江を去った後も、ハーンと西田の親密な関係は文通によって続けられた。西田にあてたハーンの手紙は、西田本人と西田家の人々が丁重に保存していたおかげで、ほぼすべてが残されている。小泉八雲全集（第一書房）の第十巻には、熊本からの手紙四十五通が和訳（落合貞三郎訳）されて収められている。今度はこの手紙によって、熊本時代のハーンの心のうちを垣間見ることにしよう。

熊本に着任して間もないころに書いたとみられる二通の長文の手紙がある。十一月三十日付の手紙は、まず西田から「病気がおさまって外出できるようになった」との便りに接し、まことに嬉しいと書いたあと、熊本についての印象や熊本五高の教員や生徒についての感想をこまごまと記している。

熊本については「私が住んだことのある日本の都市のなかで最も無趣味な町」とこき下ろし、冬の熊本が果たして温暖な土地かどうか疑い始めていると書いている。教員についてては「宣教師であった前任者が作文や会話の授業をまったくしていなかったことに驚き入った」と記す一方、校長の嘉納治五郎《かのうじごろう》については「毅然たる人物に特有の飾らない人格」と評している。

同じころに書かれたもう一通の手紙では、同僚の教員についての寸評を書き、愉快な漢学の老教師が好きになったと書いている。しかし、教員室では休憩時間中の会話もなく、誰とも親しくなれそうにないといっている。熊本で過ごした三年間、ハーンの孤独感は深まるばかりで、その分、松江と西田に対する懐旧の念がつよまっていったと思われる。

この年の暮れに出した手紙では、もはやお互いに「様」という敬称をやめにしようといい、西田の健康を気遣って「あなたの克己的な武士精神のため、厳しい寒さの日には出勤しないように」と書いている。ハーンの心のなかで、西田は無二の友人になっていたことが汲みとれる。

ハーンが熊本に移って二年経った明治二十六年十月十四日、松江は大変な暴風に襲われ、翌日、未曽有の洪水に見舞われた。これを知ったハーンは「松江に対する私の悲しみと愛情を表したい」として、松江の山陰新聞社に救援金五十円を送った。これを西田に知らせる手紙のなかで、「西田を煩わせたくないので、救援金は新聞社に送った」と書いている。ハーンも細やかな心配りをする人であった。

明治二十六年（一八九三年）十一月十七日、ハーンと小泉セツの間の長男一雄《かずお》が生まれた。これを西田に知らせたハーンの手紙は、四十三歳になって初めて子どもを得た喜びが素直に書かれていて微笑を誘う。この直後に書かれたハーンの手紙はセツとの結婚届をどうするか、揺れ動くハーンの悩みが率直につづられていて興味深い。少し長くなるが、引用しておこう。

今日までいずれも無事で、子どもは日々、美しくなっています。沢山の人が来て、非常に日本人らしいのに驚いています。しかし大きくなったら、きっと私のような鼻をもちそうです。

…私は節子を私の正式な妻として、戸籍に登録したいので、熊本に来てから数回試みました。いつも役所の返事は同じことでした。―難しいことだから、東京で手続きする方がよかろうと。子どもの出産届をする際に、また試みました。戸籍吏たちは「当事者両人が松江から来たのだから、結婚届を松江に送った方がよい」といいました。

同時にこうも言いました。子どもが日本国民であることを望むならば、母の名で戸籍を作っておかねばならない。父の名で登録すれば外国人になると。むろん私どもはこの子が日本国民であることを望みます。私の没後、彼は一家の後継者になるのですから。…私自身が日本国民になれば、一切解決されるでしょう。しかし、それさえ予想外の困難があります。

ハーンは長男一雄の将来を考えて戸籍の扱いに悩み、その悩みをあからさまに西田に打ち明けている。一雄が日本人として成長することを望みながらも、妻セツの大勢の親族を養うためには、外国人教師のまま多額の俸給を受け取りたい。このジレンマに悩むハーンにとって、西田は悩みを相談できるただ一人の心の友であった。

ハーンは明治二十七年七月、西田にあてた手紙のなかで「熊本で三年間、神経衰弱になるくらい不愉快に暮らしてきた」と書き、「就任以来、私を学校から退任させようとする動きがあったように思う。不幸にも誰かの道を塞ぐ妨げになっていたと想像される」と続けている。ハーンの想像通り、このころ、日本政府は高給取りのお雇い教師を廃止し、日本人の教員に切り替えようと考えていた。

日清戦争がはじまって二か月が過ぎた明治二十七年十月、ハーンは熊本第五高等学校を辞任して神戸に向かい、神戸クロニクル社に転職した。熊本第五高等学校の後任は英国留学から帰国した夏目漱石であった。神戸に転居したハーンは『日本の面影』に続く『東の国から』をホートン・ミフリン社から出版し、この本を西田千太郎に捧げている。

教育者　西田千太郎の原点

西田千太郎は明治三十年（一八九六年）三月十五日の夜、松江中学の教頭在職のままこの世を去った。数えで三十六歳の短い生涯であった。それから四十年経った昭和十年（一九三五年）、地元の雑誌『島根評論』は「西田千太郎先生追悼号」を発行した。この追悼号には、西田の幼いころからの友人や松江中学時代の教え子ら二十人がそれぞれの思いをこめた文章を寄せている。

松江中学での教え子の一人、伊原青々園《いはらせいせいえん》（劇作家）は「英語の発音がきれいだった。物柔らかに、愛想よく笑っていたが、その底に侵しがたい威厳があった」と書いている。また松江中学と東京帝国大学の教え子で、英文学者の落合貞三郎《おちあいていざぶろう》は「熱烈なる義務観念と鉄のごとき意思」を感じたと回顧し、「出雲の青年を燃やす火が先生の身に燃えついていたように感ぜられる」と記している。サムライの雰囲気を備えていたのであろう。

もうひとり、教え子の矢田長之助《やだちょうのすけ》（外交官）は中学を卒業しても学資がないため、上京して進学することができなかった。相談を受けた西田は、東京で矢田が自活する働き先を探すよう在京の友人たちに依頼した。上京の途が拓けると、当時としては大金の五円を餞別として渡している。上京後の矢田は、しばしば西田から激励の手紙を受け取っており、「窮乏時代にいただいた手紙は涙なしに読むことはできない」と偲んでいる。西田は教え子の将来を案ずる温情の教育者であった。

西田の日記には、自由民権運動の動向をはじめ帝国議会の招集、予算案をめぐる攻防などの時事問題がしばしば書き記されている。西田が時事問題に鋭い関心をいだいていたことがうかがわれる。教え子たちの追悼文には、西田が授業のなかで時事問題を取り上げ、明快でおもしろい語り口に引き込まれたと記したものがあった。

これについて、少年時代からの親友である志立鉄次郎は追悼文を次の文章で締めくくっている。

君の才幹をもって政治経済方面に活動していたならば、相当の功績をあげていたと信ずるが、君の本領はこのような実社会ではなく、文学方面にあったことは君を知る人は皆うなずくだろう。君が環境に恵まれて早く英国に渡り、英文学を専攻していたならば、ラフカディオ・ハーンをもしのぐ世界的な文豪になっていただろう。

ともあれ西田千太郎は教え子たちから慕われる教育者であった。その人格はどこで養われたのであろうか。その原点は西田が少年時代に学んだ澤野修輔の培塾にあると私は考えている。

澤野修輔は足軽の街で生まれ育ち、困難にくじけない剛毅の人であった。同時に名利を求めず、生涯を教育に捧げた誠実、高潔な人格者であった。西洋化の波に洗われる前の、日本の武士の魂をもった人であったといってよい。この澤野修輔に薫陶を受けた西田千太郎は知らず知らずのうちに剛毅、誠実、高潔の武士の魂を受け継いでいたのであろう。そしてラフカディオ・ハーンと西田千太郎はこの武士の魂を媒介として真の心の友になったのである。

（令和三年十二月）

松江城の北濠（八雲記念館前）

籠手田安定

無刀流の名手　籠手田安定
―知事は山岡鉄舟の高弟だった―

無刀流は幕末から明治にかけて活躍した山岡鉄舟《やまおかてっしゅう》が明治時代になって創始した。一刀流の流れを享け、剣禅一致《けんぜんいっち》の心を説く流派である。ラフカディオ・ハーンを松江中学に招聘した島根県知事　籠手田安定《こてだやすさだ》は山岡鉄舟を師と仰いだ無刀流の名手で、明治時代の初め、滋賀県の県令をはじめ、島根県や新潟県の知事などを歴任した。

明治二十三年の夏、松江中学の英語教師として松江に赴任したハーンは、まず、西田千太郎とともに島根県庁を訪れ、籠手田知事に着任の挨拶をしている。ハーンは籠手田知事の人柄に感銘を受けたようで、対面したときの様子を作品のなかで詳しく描いている。

ハーンが親しく交わった明治の日本人には、籠手田知事のように幕末動乱の時代を生きた文字通りの「サムライ」がいたわけで、ハーンの日本理解に影響を与えた人物の一人だといえるだろう。ハーンを魅了した籠手田安定とはいかなる人物か、その生涯をたどってみたい。

ヘルン先生と籠手田知事の出会い

ラフカディオ・ハーンは来日して三か月たった明治二十三年七月、島根県尋常中学校（松江中学）と師範学校の英語教師となる契約を籠手田知事と結んだ。この契約書は、籠手田知事の意向をうけて島根県事務官の毛利八弥が作成したもので、ハーンの氏名は「ラフカヂオ・ヘルン」と記されている。ハーンはこの日本語訳の名前が気にいったようで、松江の人々は今でも「ヘルン先生」とよんでいる。

ヘルン先生と籠手田知事が初めて対面したときの様子をハーンの文章で紹介してみよう。『明治日本の面影』（講談社学術文庫）の冒頭に収められたハーンの作品「英語教師の日記から」の一節を引用する。冒頭に「松江、一八九〇年九月二日」と記されており、知事への初対面がこの日の出来事であったことがわかる。訳者はハーン研究の大御所、平川祐弘さんである。

今日は登校する第一日である。西田千太郎《にしだせんたろう》は日本人の英語教師だが、私を案内してくれ、両校の校長や私のこれからの同僚すべてに紹介してくれた。時間割や教科書について必要な注意をすべて教えてくれ、私の机に必要なものはすべて取揃《とりそろ》えてくれた。しかし、授業を始める前に、私は知事の籠手田安定《こてだやすさだ》にお会いしなければならない。私の契約も知事の事務官の手で籠手田氏との間に交わされたものなのだ。それで西田は私を県庁《けんちょう》に連れて行ってくれる。これは道をはさんだところにある、やはり洋風の建物である。

中にはいり広い階段を昇り広々した一室にはいる。西洋風に絨毯《じゅうたん》が敷いてある。張出《はりだ》し窓があってクッション入りの椅子が置いてある。小さな円卓の前に一人だけ坐っており、そのまわりに五、六人が立っている。皆和服の紋付羽織《もんつきはおり》の式服で、すばらしい絹の袴《はかま》をはいている。実に堂々と品格があって、その前に出た私は月並《つきなみ》な西洋の洋服姿を恥じた。この人たちは県庁のお役人と教師たちで、坐っているのが知事である。

知事は立ちあがって私を迎え、巨人のような握手をしてくれた。その目をのぞきこんだ時、自分はこの人を死ぬまで愛すると思った。少年のようにさわやかで率直《そっちょく》な顔で、落着いた力と鷹揚《おうよう》な親切心が面《おもて》に出ている――仏様のようなおだやかさである。この人に比べると、ほかのお役人はみな小物《こもの》に見えた。実際、籠手田知事から受けた第一印象は、この人は別人種かと思ったほどである。日本の昔の英雄たちはこうした造りだったのだろうかと内心考えていると、知事は私に席に着くよう仕種《しぐさ》で示し、低い柔かな声で西田に問うた。その流れるような低い声音《こわね》にはなんともいえぬ魅力《みりょく》があって顔から受けた印象にそっくり呼応《こおう》した。嬉しい感じである。給仕が茶を運んでくる。

西田が通訳してくれる。

「知事はあなたが出雲の歴史を御存知かどうかお尋ねです」

私は、チェンバレン教授が英訳した『古事記』を読んだから、日本の最古の地方である出雲の歴史の知識も多少は持っている、と答える。そこで日本語会話がしばらく続く。西田が知事に「この方は古代の宗教と風俗を学ぶために来日し、とくに神道《しんとう》と出雲の伝説に関心をもっている」と説明してくれる。すると知事は私にそれなら杵築《きづき》の出雲大社や八重垣《やえがき》神社、熊野《くまの》神社を訪ねてはいかがかと言い、そしてたずねた。

「なぜ神社にお詣りする時は柏手《かしわで》を打つのか、その由来《ゆらい》にまつわる伝説をこの方は御存知か」

私が存じませんと言うと、知事はその話は『古事記』の注釈書に出ている、『古事記伝』の第十四之巻三十二葉に八重事代主命《やえことしろぬしのみこと》が柏手を打ったことが記されている」と教えてくれた。

私は知事の御親切な御教示にお礼を申しあげた。一瞬静かになった後、また心からの握手をすると私は知事のもとを辞去し、西田と二人で学校に戻った。

引用が少し長くなったが、この文章には、籠手田知事の人柄や教養を表す言葉がたくさん並んでいる。「巨人のような握手」「少年のようにさわやかで率直な顔」「落ち着いた力」「鷹揚な親切心」「仏様のようなおだやかさ」「流れるような低い声音」…。そのうえ、「自分はこの人を死ぬまで愛すると思った」とまで書いている。ハーンが籠手田知事の人柄に一目ぼれしたことは確かだろう。

そのうえ籠手田知事は、神社で柏手を打つ由来が『古事記』の注釈書に書かれていることをハーンに教えている。籠手田知事が本居宣長《もとおりのりなが》の『古事記伝』を読んでいたことを示すもので、辺境の地の政治家が古典に親しむ教養人であることをハーンに知らせた対話であったといえるだろう。知事との対面を終えたハーンは、幸せな気分で学校の授業をはじめることができたのではないかと思う。

『西田千太郎日記』にも、九月二日に県庁を訪れ、ハーンと知事の対話を通訳したことが記されている。また九月二十七日には、ハーンと同伴して知事宅を訪れたことが記されている。この日の日記を現代文に書き換えて記しておこう。

九月二十七日　ヘルン氏を同伴して知事宅を訪れ、飾り付けてあった雛人形を観た（三月の節句のときは知事の令嬢が病中であったため雛祭りがなく、虫干しを兼ねて今、飾り付けていた）。また古い書画や茶器を鑑賞し、茶の湯の饗応を受けた。さらに撃剣および体操を観た。たまたま令嬢が松江婦人会の会長を辞任され、婦人会の幹事や講師を招いて慰労の宴を開いていたので、この宴席に列席し、令嬢の弾琴や舞妓の演技を鑑賞した。ヘルン氏にとって非常に珍しいものであり、ヘルン氏は大いに喜んだ。

籠手田知事は県庁に近い自邸に興雲館《こううんかん》という剣道場を設け、自分だけでなく周囲の人々の心身を鍛える場にしていた。ハーンを招いたとき、この興雲館で籠手田知事は一刀流の流れをくむ剣法の型を演じて見せたものと思われる。茶の湯や琴の弾奏といった日本の伝統文化にふれるとともに、撃剣の演武を目の前で見て、ハーンは籠手田知事に魅了されたことがわかる。

ハーンは松江中学の体育施設を紹介する文章の一節で、「すばらしい撃剣場《げきけんじょう》もあって知事自身が主催している」と紹介している。そのくだりを読んでみよう。

知事は体質肥満《ひまん》の巨漢だが、同年代の日本人の中でも撃剣がよほど見事な人の一人にかぞえられている。教えられる流儀は古風な心形刀流《しんぎょうとうりゅう》で、刀を両手で握る。突きもないわけでないが、お面《めん》かお籠手《こて》か胴《どう》の撃ち込みがほとんどである。竹刀《しない》は長い割竹を先革《さきがわ》と柄革《つかがわ》で結《ゆわ》えた、ちょうど古代ローマの執政官《しっせいかん》が手にした権標《ファッショ》を長くひきのばしたような具合の刀である。撃ちこみはなかなか激しいので、頭や体を保護するために面《めん》を付け稽古着《けいこぎ》の上に籠手《こて》、胴《どう》、垂《たれ》の防具《ぼうぐ》をつけている。この種の撃剣は相当の敏捷《びんしょう》さを必要とし、西洋流の無駄のないスタイルのフェンシングよりもずっと体を動かすことになる。（前掲「英語教師の日記から」より）

松江中学の生徒たちは、学校の撃剣場で自ら剣の心と技を教えてくれる籠手田知事を敬愛していた。知事はすべての学校が参加する大運動会に出席して優勝賞品を手渡し、天長節（天皇誕生日）の式典に出席して訓示をするなど、生徒たちの前にしばしば姿を見せていた。松江中学の生徒たちが籠手田知事に親しみを感じていたことは間違いない。

しかし、明治二十四年四月、籠手田知事は新潟県知事に任命されて島根県を去った。『西田千太郎日記』によると、一か月後に、事務引継ぎのために松江に戻った前知事を、ハーンと西田は連れ立って訪れ、暇乞いをしたあと、翌日は出立を見送ったことが記されている。ハーンは知事の転任を明治二十四年の夏休みが明けたときのこととして、籠手田前知事を見送った情景を描いている。

そしてあの敬愛すべき知事も行ってしまった。東北の寒い新潟に転任したのである。それは昇進であった。籠手田は足掛《あしか》け七年間島根県知事を勤め、皆に愛された。とくに生徒たちから好かれ、生徒たちは知事を父のように見ていた。町の人々は皆川べりに集まって船で立つ知事に別れの挨拶を送ろうとしている。籠手田が蒸気船に乗るために通る道路という道路、橋、波止場《はとば》、いや屋根という屋根も、この知事さんの顔を最後にいま一度見ておこうという人でいっぱいである。何百何千という人が泣いている。蒸気船が波止場を離れた時、

「あーあーあーあー」

「あーあーあーあー」

という声がいっせいにおこった。それは、本来はお見送りの歓声なのだろうが、私には松江全市が別れを惜しんで泣いている声のように思えた。二度と聞きたくないような哀調を帯びた声だった。（前掲「英語教師の日記から」より）

現代の日本では、想像できないような情景である。明治の日本には、人と人が濃密につながる地域社会があり、人々はそのような人間関係を大切にしていたことを示している。正確には、明治の松江には、というべきかもしれない。ラフカディオ・ハーンが魅せられたのは、こうした濃密な人間関係であったといえるのではないだろうか。

籠手田安定の生涯

籠手田安定は天保十一年（一八四〇年）三月二十一日、九州・肥前の平戸藩士　桑田安親《やすちか》の長男として平戸に生まれた。幼名は広太郎、のちに源之丞を名乗っている。桑田家の禄高は百石、中級の武士である。桑田家は平安時代から肥前の松浦《まつら》地方一帯に勢力を張っていた松浦水軍《まつらすいぐん》の一族で、祖先は松浦郡の小手田《こてた》村などを領有し、籠手田氏を名乗っていた。江戸時代の初め、領内にキリシタン信者が多くなったことをとがめられて禄高を千三百石から百石に減らされ、姓も桑田氏を名乗っていたが、明治時代になって、籠手田氏に復している。

以下、孫娘にあたる鉅鹿《おおが》敏子氏が記した伝記『県令　籠手田安定』によって、籠手田が幕末から明治にかけて、激動の時代にどのように生きていたのか、その歩みをたどってみよう。

桑田広太郎は十二歳のとき、藩校の維新館《いしんかん》に入学し、翌年の秋には四書五経の素読を終えている。十六歳のときには、学員（藩校の助手）の命を受け、二十一歳で句読師《くとうし》（漢学の教員）を命じられている。平戸藩の儒学は江戸時代前期の儒学者、山崎闇斎《やまざきあんさい》の流れを継ぐもので、広太郎は早くから儒者楠本端山《くすもとたんざん》の教えを受けていた。山崎闇斎の儒学は日本の神道と儒教の合一を説くもので、ハーンにみせた『古事記』の素養はこのころに養われたものと思われる。

文武両道に秀でた広太郎は武の修行に力を注いでいた。十二歳で野元応斎《のもとおうさい》の門に入り、心形刀流《しんぎょうとうりゅう》の習得に励んでいる。嘉永五年、ペリーが来航する前年のことである。このころから、平戸藩の領内である壱岐地方などにも異国船がしばしば姿を現すようになり、藩士の子弟には武術の鍛錬が求められていた。

心形刀流は江戸時代の前期、今から三百数十年前に江戸の伊庭秀明《いばひであき》が興した剣術の流派で、一刀流だけでなく二刀流の技法も伝え、「抜き合い」と称した居合術も教えていた。その神髄は「剣の技は形」であり、「人の心が形となって剣に具現される」というもので、心形刀流では「心の修養」を第一としていた。

桑田広太郎は心形刀流の稽古に励み、文久元年（一八六一年）、二十一歳のときに師の野元応斎から「九重之位」を受けている。文武の修行で際立った成績を残した桑田広太郎は、平戸藩の第十二代藩主 松浦詮《まつらあきら》の近習に抜擢され、藩主の身辺で働くようになった。藩主に従って、江戸詰めも経験している。

このころ、京では尊王攘夷を掲げる浪士たちの暗躍が激しく、幕府は会津藩主、松平容保《かたもり》を京都守護職に任命した。新選組が動き出し、池田屋騒動があるなど、京の情勢は風雲急を告げていた。名を源之丞と改めた二十五歳の桑田は慶応元年（一八六五年）、京の情勢探索を命じられた。これをきっかけに、平戸藩の青年藩士、桑田源之亟は政治の道を歩むことになる。

京に入った源之丞は諸藩の家臣らと交わり、耳にした風説を藩に逐一報告していた。その内容を記録した文書が残っており、伝記の著者は「風説の数々が史実と合致していることに驚いた」と記している。第二次長州戦争に踏み切った将軍徳川家茂《いえもち》が、諸兵を率いて上京したときの行列の様子も書き残している。源之丞は揺れ動く時勢を目の前で見ていたことになる。

二年後の慶応三年十月十四日、将軍徳川慶喜《よしのぶ》が大政を奉還すると、源之丞は藩命をうけて平戸を出発し、昼夜兼行、早馬を乗り継いで上京した。十一月十四日、京の平戸藩邸にはいった源之丞は翌日、権大納言中山忠能《なかやまただやす》のもとに伺候している。平戸藩の第九代藩主 松浦静山《まつらせいざん》の娘愛子《あいこ》が中山家に入り、中山忠愛《ただなる》ら四人の子を産んでいたからである。

王政復古が宣言された十二月八日の小御所会議のときには、桑田源之亟は中山権大納言に召集され、中山邸や御所の内外を巡警する任務にあたっていた。のちの籠手田安定は大政奉還、王政復古という明治維新の政治劇に、いわば〝その他大勢の役〟で加わっていたことになる。ちなみに、中山忠能と愛子の娘である中山慶子《よしこ》は孝明天皇に仕え、のちの明治天皇である祐宮睦仁《さちのみやむつひと》親王を生んでいる。

明治元年（一八六八年）七月、桑田源之亟は大津県の判事試補に任用された。二十八歳のときである。明治新政府は各藩から有能な藩士を徴士として召し出し、朝廷の用を勤めさせることにしたが、源之亟は中山権大納言との関係によって召し出されたのである。九州の片隅にある平戸藩は、幕府とも薩長とも距離を置いて時勢を観望する方針をとっていたが、激動する時勢を体験した源之亟は藩命によらず、自らの判断で召し出しに応ずることを決意して大津県に赴任した。

大津県は旧幕府領で支配地は十二郡に散在し、村によって民情が著しく異なっていた。県知事は安芸出身の人物で、判事は不在。ほかにわずかな人数がいるだけで、統治の体制がないところに乗り込んだことになる。源之亟はまず村々を巡回し、地勢によって十村くらいで一つの組合を作り、組合の総代一人を入札で選ぶことにした。明治という時代は、こうした地味な組織作りから始まったのかもしれない。

東京遷都（明治二年）、廃藩置県（明治四年）、学制の制定（明治五年）、徴兵令と地租改正（明治六年）…。矢継ぎ早に打ち出される近代化政策を実施するために、明治初期の地方官僚は大変な労苦を求められたに違いない。教育制度の整備については、大津県でも明治五年、ドイツ人を教師とする洋学校が設けられ、翌年には各地に小学校が開設された。源之亟は資金の調達など、開校の準備に奔走していたことが日記に記されている。

この間、大津県は滋賀県に改称され、源之亟の職位も上がって、籠手田安定を名乗るようになっていた。滋賀県の権県令に進んでいた籠手田は明治十一年、三十八歳のときに滋賀県令に任用された。明治初年から滋賀県政にかかわってきた籠手田は、地租改正の実行、琵琶湖の治水事業など困難な課題に取り組んできたが、その業績をたどることはこの文章の趣旨と離れるので省略しよう。

その後の略歴を記すと、明治十七年、四十四歳で元老院議官、明治十九年、四十五歳で島根県令（翌年、制度改正で島根県知事）、明治二十四年、五十一歳で新潟県知事、明治二十九年、再びの滋賀県知事を経て、明治三十年、五十七歳のときに貴族院議員に任じられた。二年後の明治三十二年三月三十日、滋賀県の自宅で死去。五十九歳であった。死後、男爵を授けられ、天台宗園城寺《おんじょうじ》の境内には、滋賀県政の礎を築いた人物として「頌徳碑」が建立されている。

山岡鉄舟と籠手田安定

籠手田安定がどうして無刀流の名手といわれるのか。その次第を書く前に、山岡鉄舟その人について、簡潔に書いておこう。山岡鉄舟は、勝海舟《かいしゅう》、高橋泥舟《でいしゅう》とともに「幕末三舟《さんしゅう》」と呼ばれる有名な人物である。南條範夫の『山岡鉄舟』、津本陽の『春風無刀流』などの小説のほか、テレビドラマにもしばしば登場する。

山岡鉄舟のもとの名前は小野鉄太郎。天保七年(一八三六年)六月十日、幕府の御蔵奉行、小野朝右衛門高福《ちょうえもんたかよし》の四男として本所大川端に生まれた。諱《いみな》は高歩《こうゆき》、鉄舟は号である。母は常陸国鹿島神宮の神職 塚原石見の娘で、剣豪塚原卜伝《ぼくでん》の子孫であるという。鉄太郎は十歳のとき、父が飛騨高山の郡代に任命されたため、高山の陣屋に移り、父が招いた江戸の剣客 井上清虎《きよとら》について北辰一刀流の剣を学んだ。また書道の稽古に励むとともに禅の修行もはじめている。

十七歳のとき、父が病没したため江戸に帰り、二十歳になると、幕府の講武所に入った。千葉周作のもとで北辰一刀流の剣術、山岡静山《せいざん》のもとで忍心流の槍術を学んでいる。たちまち頭角を現した鉄太郎は講武所の世話役に挙げられた。ところが、山岡静山が水難事故で急死したため、鉄太郎は乞われて山岡家の婿養子となり、静山の妹英子《ふさこ》と結婚した。これ以降は山岡鉄舟とよぶことにする。ちなみに幕末三舟の一人、高橋泥舟は鉄舟の妻英子の実兄で、二人は義兄弟である。

ペリー来航以来、尊王攘夷の思いを強めていた山岡鉄舟は、安政四年(一八五七年)二十四歳のときに清河八郎らとともに尊王攘夷運動の会(虎尾の会)を結成した。京を舞台に時勢が激動した文久二年(一八六二年)、幕府により浪士組が結成されると、山岡鉄舟は浪士組の取締役に任命されている。翌年、将軍徳川家茂が上洛することが決まると、近藤勇らの猛者を引き連れ、先駆けて京に上っている。浪士組の内部で清河一派と近藤らの対立が激しくなり、分裂して新選組が生まれるのであるが、浪士組の動向を危ぶんだ幕府は浪士組に帰還を命じ、山岡鉄舟は江戸に帰った。

このころ、鉄舟は中西派一刀流の達人、浅利又七郎義明《あさりまたしちろうよしあき》と浅利道場で立ち会った。しかし、三時間戦っても勝つことはできず、浅利にとても及ばないことを悟った鉄舟は浅利の門人になった。鉄舟の著述『剣法と禅理』によると、この立ち合いのあと、目をつむると、浅利の姿が山のごとく迫り、浅利と立ち会うことはできなかったと述べている。鉄舟は、浅利の幻影を払うために不動心を鍛えようと考え、禅の修行に打ち込んだ。京・天竜寺の滴水《たくすい》和尚、鎌倉・円覚寺の洪川《こうせん》和尚らに参禅し、「剣法と禅理」を探求することが鉄舟の生涯の目標になった。

やがて慶応四年（一八六八年）、将軍徳川慶喜は鳥羽伏見の戦いに敗れて江戸に逃げ帰った。官軍が江戸に迫るなかで、勝海舟と西郷隆盛の会談が行われ、江戸の無血開城が決したことは周知のことである。この会談に先立って、山岡鉄舟は恭順謹慎の意を征討大総督府に伝えるよう慶喜から直々に命じられた。勝海舟に書を託された鉄舟は、勝が預かっていた薩摩藩士　益満休之助《ますみつきゅうのすけ》を同行者として東海道を駆け抜け、駿府にいた大総督府参謀の西郷隆盛と面会した。

官軍の兵で満ち溢れていた東海道を単騎、駆け抜けた鉄舟の豪胆さに驚きながら、西郷は恭順の実を示すものとして、五つの条件を示した。「江戸城を明け渡す」「城中の兵を向島に移す」「兵器をすべて差し出す」「軍艦はすべて引き渡す」「将軍慶喜は備前藩にあずける」という五項目で、西郷はこれが朝命だと回答した。

山岡鉄舟

これに対し、鉄舟は最後の項目を拒んで、「島津侯が同じ立場に立たされた場合、あなたはこの条件を受け入れるか」と反論した。主君の運命を守ろうとする忠義の心に動かされ、西郷は鉄舟の主張を認めて勝との会談に合意した。その後、江戸で行われた西郷と勝の会談に、山岡は立ち会っている。江戸を戦火から救った無血開城の談判は、山岡鉄舟の豪胆さと忠義の赤心によって実現したといってよい。

明治維新のあと、山岡鉄舟は徳川家の所領になった静岡県に住んでいたが、明治五年、西郷隆盛のたっての依頼によって宮中に出仕した。若い明治天皇の人格形成には山岡鉄舟のような人間が必要だという西郷の判断で、山岡は十年間の約束で明治天皇の侍従になった。深酒をして相撲をとろうとかかってきた明治天皇を、ひらりと身をかわして諫めるなど、侍従時代の山岡にはいろいろな逸話が伝わっている。

この間、「剣法と禅理」を探求する鉄舟の修行は続いていた。天竜寺の滴水和尚に参禅したとき、「両刃鋒《りょうはほこ》を交《まじ》えて、避《さ》くるをもちいず」の公案を与えられ、その公案を何年も考えていたという。ある日、訪ねてきた某豪商の話を聞いていたとき、「人間は本来無一物」という考えがふと心に浮かび、この「何物も無い」という禅理を剣に用いることにした。門人と立ち会うと、相手は木刀をおいて平伏する。「天地の間に何物も無い」という心境で剣を持つと、あの山のような浅利又四郎の幻影は消えていた。明治十三年三月三十日のことであった。

鉄舟は師の浅利又七郎を招いて立ち合いを求め、この心境で木刀を構えた。すると、浅利は突然、木刀をなげうち、「余の及ぶ所にあらず」といって、一刀流のいわゆる「夢想剣」の極意を授けたという。

このあと山岡鉄舟は「一刀正伝無刀流」の一派を立て、前記の『剣法と禅理』でこの悟りを得るまでの経過を記した。「一刀正伝」は一刀流を正しく伝えることを示し、「無刀」は「心のなかの外には刀はない」ことを表している。鉄舟は「無刀流と称する説」という小文で「無刀とは無心を言うが如し。無心とは心をとどめずと言う事なり」と記している。

この『剣法と禅理』の末尾には七言四句の詩（偈《げ》）があり、「電光影裏斬春風」の句で終わっている。「電光影裏《でんこうえいり》　春風《しゅんぷう》を斬《き》る」という句は、円覚寺の開山、無学祖元《むがくそげん》の詩からとったもので、山岡鉄舟はこの句に「剣禅一致の心」を託している。

ちなみに、無学祖元は南宋に生まれた臨済宗の僧で、元軍（蒙古）が南宋に侵入したとき、ある寺に一人だけ残って座禅をしていた。元軍の兵に取り囲まれ、あわやというときに、無学祖元は「珍重《ちんちょう》す　大元《だいげん》三尺の剣《けん》　電光影裏《でんこうえいり》　春風《しゅんぷう》を斬《き》らん」という詩を詠んだところ、元軍の兵たちは立ち去ったという逸話がある。「斬れるものなら斬ってみよ」という気迫におされて立ち去ったのであろう。無学祖元はその後、日本に来て建長寺に入り、円覚寺の開山になっている。

さて、籠手田安定が無刀流の名手になったいきさつである。

籠手田安定の伝記によると、明治十一年、籠手田が滋賀県令を勤めていたとき、明治天皇の北陸・東海御巡行があり、籠手田は侍従の山岡鉄舟と初めて対面した。籠手田はすでに心形刀流の免許皆伝を受けていたが、このときは鉄舟と籠手田の立ち合いは行われていない。

籠手田が山岡鉄舟と再び対面したのは明治十三年五月のことである。鉄舟が剣禅一致の悟りを得て、無刀流を創始したころである。天皇の御巡幸に先駆けて大津の滋賀県庁を訪れた鉄舟に籠手田が試合を申し込み、二人の立ち合いが行われた。籠手田は日記に「実に大山に対するが如く、我が術の遠く及ばざるを知り、屈服す」と記している。この年の冬、上京した籠手田は鉄舟の門人になった。

籠手田は県令の公用で上京するたびに鉄舟を訪れて教えを請い、籠手田に対する鉄舟の信頼は深くなった。明治十七年、籠手田が元老院議官になって東京に住むようになると、二人の関係はますます深まり、籠手田は「無刀流兵法十二箇条」の目録を受け、道場「春風館」の学頭を任せられている。鉄舟は嗣子直記の養育を籠手田に託し、一刀流九代宗家小野忠政から継承した一刀流伝来の「朱引の太刀」を籠手田に与えている。

籠手田安定が島根県知事として松江にいた明治二十一年七月十九日、山岡鉄舟は胃穿孔《せんこう》のため五十三歳で死んだ。胃がんだったと思われる。死が迫っていることを悟った鉄舟は臨終の病床で白衣に着替え、皇居の方角を向いて座禅の姿をとったまま、静かに息を引き取った。剣と禅に生きた鉄舟らしい大往生である。

死を前に体調を崩していた山岡鉄舟は、籠手田安定ら山岡邸に集まった有志の人に四回にわたって日本の「武士道」についての講話をしている。武士道についてのまとまった話を聞かせてほしいという門人たちの懇望に応じたもので、籠手田はこのときの口述を筆記している。「山岡先生武士道講話記録」と題された籠手田の筆録は、その後、安部正人の編集で出版され、さらに『山岡鉄舟の武士道』(勝部真長著、角川書店)として伝えられている。講話のさわりの言葉を引用しておこう。

拙者の武士道は、仏教の理より汲んだことである。それもその教理が真に人間の道を教え尽くされているからである。まず、世人が人を教えるに、忠・仁・義・礼・知・信とか、節義《せつぎ》・勇武《ゆうぶ》・廉恥《れんち》とか、あるいは剛勇《ごうゆう》・廉潔《れんけつ》・慈悲《じひ》・節操《せっそう》・礼譲《れいじょう》とか、いろいろあるが、これらの道を実践躬行《じっせんきゅうこう》する人をすなわち、武士道を守る人というのである。私もそれには同意である。(中略)

…無我の境に入り、真理を開悟すれば、必ずや迷誤《まよい》の暗雲《くも》、直ちに散じて、たちまち天地を明朗ならしめる真理の日月の存するを見、ここにおいて初めて無我の無我であることを悟るであろう。…これすなわち武士道の発現地である。

ハーンの心をとらえた籠手田知事は、山岡鉄舟の説く武士道を体得し、無私の心でハーンに接したのであろう。ハーンは山岡鉄舟に会ったことはない。ハーンが日本に来たとき、山岡鉄舟はすでに東京・谷中の禅宗寺院、全生庵に眠っていたからである。ハーンが生前の山岡鉄舟と会っていたとすると、日本の武士道、剣と禅の世界をどのように描いただろうか。この小文を書き終えて浮かんだ感想である。

【随想】　一刀流宗家の笹森順造さん

山岡鉄舟のことを書いていて、学生時代にお目にかかったことのある笹森順造《ささもりじゅんぞう》さんを思い出した。早稲田大学の大先輩で、小野派一刀流の第十六代宗家であった。戦後の片山哲内閣で大臣を務めた政治家である。

笹森さんは明治十九年、旧弘前藩の藩士の家に生まれ、幼少のときから小野派一刀流の剣術を学んでいた。笹森家が明治時代の早い時期にクリスチャンになった関係で、笹森さんも少年時代にキリスト教の洗礼を受けている。明治四十三年に早稲田大学を卒業した笹森さんは、雑誌社の記者を経てアメリカに渡り、コロラド州のデンバー大学大学院で学んだ。帰国後は教育者の道を歩み、地元弘前の私学である東奥義塾《とうおうぎじゅく》の塾長や青山学院の院長を務めている。

笹森さんは終戦後の昭和二十一年に行われた総選挙で、青森県選出の衆議院議員に当選し、中道派の政党 国民協同党の幹部であった。社会党、民主党、国民協同党の三党が連立して成立した片山哲内閣に入閣し、復員庁総裁、賠償庁長官に就任している。政治家としての笹森さんは、衆議院議員四期、参議院議員三期のベテラン議員で、自由民主党の両院議員総会会長などを歴任した。

私が笹森さんにお目にかかったのは、昭和三十二、三年ころ、参議院議員に転じられたころである。当時、私は早稲田大学政治学科の学生で、政治学の原書研究サークルである早稲田大学政治学会の幹事長をしていた。この政治学会の賛助会員には、松村謙三さんや浅沼稲次郎さんら政治家の大先輩が名を連ね、笹森さんもそのおひとりであった。

先輩会員には総会に出席していただいたり、財政面の御援助をいただいたりしたが、賛助会費をいただくため議員会館に笹森さんをお訪ねしたことがある。会費を頂戴したとき、「どんな原書を読んでいますか」と質問され、アメリカの政治学者の名前をあげて説明すると、温和な表情でうなずいておられたことを思い出す。

このころ、笹森さんが一刀流の形を演じているニュース映画を観た記憶がある。六十数年前のことで、いつ、どこで行われた演武なのか覚えていないが、白い袴姿の笹森さんが真剣(のように見えた)を構えて広い講堂に立ち、やがてするすると進んで剣を振り落とした映像であった。粛然と立つ笹森さんの姿が、今でもありありと目に浮かぶ。

笹森順造さんは小野派一刀流の第十六代宗家である。一刀流は戦国時代の末期に伊藤一刀斎景久《かげひさ》が創始した剣術の流派で、景久から相伝(奥義を記した伝書など)を受けた小野忠明《ただあき》（神子上典膳《みこがみてんぜん》）は二代将軍 徳川秀忠の剣術指南役に召し抱えられた。小野忠明にはじまる小野派一刀流は柳生新陰流とともに将軍家の剣法として隆盛し、後世の弟子たちが新しい形や教え方などを加えることによって、中西派一刀流、北辰一刀流などいろいろな流派が生まれている。

弘前藩では、第四代藩主の津軽信政《のぶまさ》に続いて第五代藩主の信寿《のぶひさ》が熱心に一刀流を学び、小野家第五代の小野忠一から奥義を伝える相伝を授かった。このあと、津軽家と小野家の間で小野派一刀流の相伝を交互に伝えることが仕来りとなり、弘前藩士は小野派一刀流の正統を受け継ぐものとして、一刀流の鍛錬を続けてきた。

笹森順造さんも幼少のときから一刀流の修練を欠かさず、早稲田大学の剣道部主将であったとき、全国青年大会で優勝を果たしている。アメリカ留学中も剣の修練を続け、帰国して東奥義塾の塾長になったとき、津軽家と山鹿家に伝わっていた一刀流の「極意皆伝」などすべての伝書を受け継ぎ、小野派一刀流の第十六代宗家になった。戦後、政治の世界に入ってからも、全日本剣道連盟の最高顧問に就任している。私がニュース映画で見た笹森さんの演武は剣道連盟の行事を記録したものであったかもしれない。

小野派一刀流の第十七代宗家はご子息の笹森建美《たけみ》さんが受け継いだ。建美さんも異色の経歴をもった人物である。昭和八年、青森県に生まれ、早稲田大学哲学科を卒業したあと、東奥義塾で教員を務めたが、牧師になることを決意して青山学院大学の神学部とアメリカ・デューク大学の大学院神学科を卒業した。ニューヨークでの牧師生活のあと、日本に帰国し、東京・世田谷区の駒場エデン教会を拠点にキリスト教の信仰を説く生活に入った。

笹森建美さんの異色な経歴は、この間も父の笹森順造さんから受け継いだ小野派一刀流の修練を欠かさなかったことである。昭和五十一年に笹森順造さんが他界したあと、小野派一刀流の第十七代宗家となり、駒場エデン教会で一刀流の剣を教える生活を続けた。教会堂で牧師としての務めが終わると、椅子などを片付けて武道場に換え、一刀流の指南をする日々である。その光景は、今でもネット上の映像で見ることができる。

建美さんも他界されたが、笹森建美さんが残した著書『武士道とキリスト教』（新潮新書）に、私は感銘を受けた。その一節を引用しておこう。

日本にあるいいものとは何か。我伝引水になりますが、それが武士道によって象徴される日本の精神だと思います。内村は武士道という木に、キリスト教を接ぎ木しようと考えました。しかし、接ぎ木せずとも、武士道は神への感謝をもって世界へ差し出すことのできる日本文化の精髄です。接ぎ木をするのではなく、日本そのもの、武士道そのものをキリスト教と結びつけることができるのではないかというのが私の発想であり、目指すところなのです。

新渡戸稲造の『武士道』に通ずるものがあると思う。一読をお勧めしたい。

秋月悌次郎

会津の古武士　秋月悌次郎

―ハーンは漢文の老教師に何をみたか―

ラフカディオ・ハーンは明治二十四年の晩秋、旧制松江中学を辞任して熊本の第五高等中学校（旧制熊本五高）に転任した。それからの三年間、ハーンは熊本五高の学生たちに英語英文学を教えるかたわら、来日後の見聞をもとにした作品集『見知らぬ日本の面影』と『東の国から』の執筆に打ちこんでいた。ハーンは『東の国から』を松江の友　西田千太郎《にしだせんたろう》に献呈している。

『東の国から・心』（平井呈一訳、恒文社）に収められた作品の一つ、「九州の学生とともに」は熊本での教壇生活を題材にしたものである。学生の英作文や校内での対話を紹介する形で、日本人の伝統的な道徳観と西洋的な価値観のすれ違いを欧米の読者に気づかせようとしている。

また、同僚である漢文の老教師が学生たちの尊敬を集めていることを記し、武士道を体現したようなその人格を、敬愛の念をこめて描いている。この漢文の老教師　秋月《あきづき》悌次郎《ていじろう》は幕末動乱の時代を生きた元会津藩士であった。ハーンの心をとらえた会津の古武士はどのように生きてきたのか。その生涯をたどることによって、二人の間で響きあったサムライの魂をみることにしよう。

熊本五高のハーンと学生たち

明治二十四年十一月十九日、ハーンは妻の小泉セツとその養父母らを伴って、熊本駅に到着し、嘉納治五郎校長の出迎えを受けた。松江を出発したあと、中国山地を人力車で越え、広島から門司への船旅、そして門司から熊本へは鉄道という四泊五日の旅であった。嘉納に案内されて投宿した旅館で、ハーンは日本風の食事を求め、嘉納を驚かせている。

熊本に着いて五日後に就任式があり、ハーンの教壇生活がはじまった。熊本五高でハーンが接した学生たちは血気盛んな青年たちであった。学生たちの年齢は最下級で平均十八歳、最上級になると平均二十五歳に及んでいたから、すでに一人前のおとなである。松江中学の生徒たちは、純真で人懐っこい十代半ばの少年たちであったが、だいぶ勝手が違う印象をハーンに与えたようである。

ハーンは「九州の学生とともに」の冒頭に、次のように記している。

…熊本は保守的精神の中心地になっている観がある。…この地方には、むかしながらの侍かたぎがそのまま生き残っている。この侍かたぎ―いわゆる九州魂なるものこそは、ここ数世紀にわたって、この地方の日常生活における、あのきびしい質朴簡素の風を強要してきたものなのである。…いまだにこの地方の人々の質素な服装や、かざりのない、簡明率直な態度行状などに、いぜんとして跡をとどめている。…（平井呈一訳）

『知られぬ日本の面影』に描かれた城下町松江の雰囲気は、霞《かすみ》に溶け込む山々、靄《もや》に包まれた川岸、哀調を帯びた物売りの声、子どもたちが橋を渡る下駄の音など、優しく柔らかな光と音に満ちていた。しかし、同じ城下町であっても、西南戦争の舞台であった熊本は九州をおさえる軍都であり、いかめしい姿の軍人や官僚の姿が目立つ町であった。空気もからりとしている。こうした雰囲気になじめないものを感じたのであろう。熊本の町の描写は辛辣である。

学生気質についても、ハーンは九州男児の本場、熊本の青年たちにどう接すればよいのか、ちょっと戸惑っているような感じである。「ついぞニコリとも笑ったことのない、泰然自若、どこ吹く風といった平静さの下には、いったいどんな感情、どんな情操、どんな理想がかくされているのだろう…」と書いている。この描写は温和な人が多い松江と剛直を誇りとする熊本の落差から生まれたものであろうか。

それでも熊本の教壇生活は、ハーンの心境に少しずつ変化をもたらした。やがてハーンと学生たちの間に、西洋の文学に現れる価値観と東洋の伝統的な道徳を対比して議論する対話も生まれるようになった。それは、学生たちから提出されたさまざまな英作文のなかに、思いもかけない東洋的な思想や感情の流露をみつけることによって生まれたのであった。

ハーンは毎週一回、提出された英作文のうち、最も優秀な作品を選んで教室で朗読する授業を続けていた。間違った表現はその場で直してやり、残った作文は家に持ち帰って添削をしたと書いている。筆者も大学の教壇生活で経験したことであるが、学生の作文に丁寧に目を通し、添削することはなかなかの作業である。毎週一回、この授業を続けたハーンの努力を学生たちも感じ取らないはずはない。こうして師弟の心が次第に通い合うようになったのではないだろうか。

ハーンは「九州の学生とともに」のなかで、学生たちの英作文をいくつか紹介し、それぞれに寸評を加えている。作文の題は「はじめて学校にあがった日」のように簡単な文体の作文を想定したものや「文学における不滅なるものは何か？」のように独創的な答案を期待したものなどさまざまである。

「人が最も永く記憶にとどめるものは何か？」という出題に対して、「悲痛な思い出こそ記憶に残る」と書いたある学生の作文にいちばん好感をもったとハーンは記している。この作文を引用しておこう。

人が最も永く記憶にとどめるものは、その人が、最も苦しい境遇にあって、見、かつ聞いたことであろうと、ぼくは思う。

ぼくが四つのときに、ぼくのなつかしい母が亡くなった。それは冬の日であった。風は、木立にも、家の屋根のめぐりにも、はげしく吹きめぐっていた。木の枝には、もういちまいの葉ものこっていなかった。ウズラが遠いところで、さびしい声をして鳴いていた。ぼくは、そのとき自分がしたことを思いだす。ぼくは、床の上にふせっていたぼくの母に、――それが、母の息をひきとるちょっと前のことだった――あまいミカンをあげた。母はニッコリと笑って、そのミカンを手にとり、それをおいしいといって食べた。それが母の笑ったさいごだった。……

母が息をひきとってからこんにちまでに、もう十六年以上の月日がたっている。でも、ぼくには、それが束の間のような気がする。ことしも、また冬が来た。母の亡くなったときに吹いた風が、いまもまた、あの時とおなじように、吹きしきっている。ウズラもおなじ声をたてて鳴いている。なにもかもが、そっくりおなじだ。けれども、ぼくの母は、もうあの世へ行ってしまった。そうして、もう二どとふたたび帰ってこない。（平井呈一訳）

ハーンはこの英作文が原文のままで、一字一句直していないと断り、「直す必要をみとめなかった」と書いている。母（ローザ・アントニア・カシマチ）と生き別れた自分の幼少のときに重ね合わして、この作文を読んでいたのであろうか。

「九州の学生とともに」の一節に、ハーンと数人の学生たちが休憩時間の運動場で交わした会話が記されている。その会話を要約してみよう。

その日、ハーンは運動場に出て煙草を一服していた。そこに数人の学生が近寄ってきて、英作文の新しい題についての会話が始まった。「最も難解なものは何か、という題はどうかね」というハーンに対して、「理解しがたいものは宇宙ですか」という学生がいたり、「人はなぜこの世に生きているか、という問題だと思う」という学生がいたりして、師弟の会話が弾む。

「もっといい題といったら、この大空だな。見たまえ、このすばらしい空を！」といったハーンに、ある学生が大空を見上げながら、「かくのごとき高遠なる思想ありや。かくのごとき洪大なる心ありや」と荘重な口調で漢語を口にしたことでこの日の会話は終わっている。「この日いちにち、この美しい漢語の言い回しが頭にこびりついていて、胸のなかを満たしてくれていた」とハーンは記している。

旧制熊本五高の校舎

現代の大学では耳にすることのない師弟の会話だといえるかもしれない。こういう文章に接すると、ハーンは天成の教師であったと思う。

松江中学時代のハーンには心の友というべき西田千太郎がいたが、熊本五高時代のハーンは同僚と談笑することはほとんどなかった。そりの合わない同僚の教員を避けて、学校の裏手にある墓地を散策することを好んだと伝えられる。

しかし、この熊本五高にもハーンが心から敬愛し、親しく交わった同僚がいた。漢文の老教師として学生たちの信頼を集めていた秋月悌次郎である。ハーンは「九州の学生とともに」をしめくくる一節で、この漢文の老教師と学生の間柄を次のように述べている。

ここに、教師と学生の間柄が、けっしてお座なりなものではないという、ひとつの例証がある。これなどは、むかしの藩校時代の師弟愛の尊いなごりが、いまもなお残っている証拠だ。この学校の漢文の老先生で、みんなからひとしく尊敬されている人がいる。この人の、若い生徒たちにおよぼしている感化というものは、これはじつに大きなものがある。この人がひとことといえば、どんな怒りの爆発でもしずめることができるし、この人がにっこり笑えば、どんなのんき坊の大器晩成先生でも、うかうかしてはいられなくなる。それはつまり、この老先生が、ひと時代まえの、武士生活における剛毅、誠実、高潔の精神――いわゆる昔の日

本魂の理想を、青年層にたいして、みずから身をもって体現しているからなのである。（平井呈一訳）

「剛毅、誠実、高潔の精神」――これこそ日本の武士道の真髄であると考えたのであろう。ハーンはこの武士道を体現したような老教師の存在に心を奪われたのに違いない。この文章に続いて、会津藩士として活躍した秋月悌次郎の経歴を次のように紹介している。

会津藩が戊辰戦争に敗れたあと、秋月悌次郎は会津藩の戦争責任者として長いあいだ「囹圄《れいご》の身」、つまり禁固の刑に服していた。しかし、戦った相手の明治新政府は秋月の人物を高く買っていて、刑の特赦があったあと、礼を厚くして新しい青年層の指導役に秋月を登用した。そして、秋月は西洋の科学と語学を学ぶ青年たちにたいして、中国の聖賢の言葉を通じて人間をつくるための大倫を説き続け、教え子たちから深く尊敬されている。

ハーンはこのように秋月悌次郎のプロフィルを描いたあと、「秋月氏はしだいに齢を加え、高齢となり、だんだん神さまのような風貌を呈してきた」と書いている。

残されていた写真のように、白い鬚《あごひげ》を垂らした秋月悌次郎の目は柔和そのものである。穏やかな老後の心境があらわれているのだろう。

ハーンと秋月はうちとけて交わる間柄であったようで、ハーンの長男一雄《かずお》の誕生祝いに秋月が来訪し、祝いの品として清酒を入れた酒筒と盆栽の梅の鉢、そして自作の漢詩を書いた巻き物二巻を持参したというエピソードが記されている。秋月はこのとき、情のこもった言葉でハーンの勤めを心から励ますとともに、若い時分の話をしたという。ハーンはこの作品をしめくくる言葉として「神さまがこの世にあらわれてまた消えてゆくように、やがて老先生はにこにこしながら、帰って行かれた」と記している。

明治の若者たちにサムライの精神を感じさせた秋月悌次郎とはいかなる人物であるのか、その生涯をたどってみようと思う。

会津藩士 秋月悌次郎の修行時代

秋月悌次郎は文政七年（一八二四年）七月二日、会津藩士 丸山胤道《まるやまかずみち》の二男として若松城下の武家屋敷（現在の会津若松市湯川町）で生まれた。丸山家は藩祖 保科正之《ほしなまさゆき》の時代から弓大将の家柄で、百五十石の家督は長男の胤昌《かずまさ》が継ぎ、二男の悌次郎は分家独立するときに、藩の許可を得て秋月氏を名乗った。悌次郎は通称で、諱《いみな》は胤永《かずひさ》、号は韋《い》軒《けん》である。

幼少の悌次郎は城下の儒者　宗川茂《むねかわしげし》について漢籍の素読の手ほどきを受け、十歳のとき、藩校の日新館《にっしんかん》に入学した。学業に抜群の成績を重ねた悌次郎は親友の南摩《なんま》三郎とともに天保十三年（一八四二年）、十九歳のときに選ばれて江戸に遊学した。

江戸では幕府の儒官について中国の程朱学《ていしゅがく》を学んだ。程朱学は宋の大学者である程顥《ていこう》・程頤《ていい》の兄弟と朱熹《しゅき》（朱子）が確立した学問のことで、人間の本性や自然と人間の関わりについて、その根源を究めようとする立場である。師の松平慎斎《しんさい》は常に「学問の要は道を知るにあり」と説いていたという。その教えは秋月の人格形成に大きな影響を与えた。

悌次郎は松平慎斎の推挙で、弘化三年（一八四七年）、昌平黌《しょうへいこう》（昌平坂学問所）に入学した。二十三歳のときである。東京都立中央図書館に所蔵されている昌平坂学問所の「書生寮姓名簿」によると、悌次郎の身分は会津藩主　松平肥後守の家来、昌平坂学問所教授　古賀侗庵《こがとうあん》の門下と記されている。翌弘化四年には、幼少からの親友である会津藩士の南摩三郎も書生寮に入っている。

書生寮は昌平黌に学ぶ諸藩の藩士などを対象にした施設で、それぞれの藩校から選りすぐりの秀才たちが入寮していた。入寮者の年齢はほとんどが二十代三十代で、昌平黌を卒業して国許に帰れば、藩の重要な役に就くことが約束されていた。そのなかでも悌次郎の勤勉な勉学態度はひときわ目立つもので、夜、机によって眠り、覚めるとまた書を読むことがしばしばであったと伝えられている。

そのころの昌平黌の教授には高名な漢学者が名を連ねていた。悌次郎が入門した弘化三年の『昌平坂学問所日記』を見ると、佐藤一斎（捨蔵）、古賀侗庵（小太郎）、杉原心斎（平助）、友野霞舟（雄助）、松崎柳浪（満太郎）らが日替わりで出勤していたことが記されている。

こうした碩儒たちの信任をえて、悌次郎は嘉永三年（一八五〇年）、書生寮の舎長助役に挙げられ、次いで嘉永六年（一八五三年）、薩摩藩出身の重野安繹《しげのやすつぐ》（成斎《せいさい》）の後任として書生寮の舎長に任命された。このとき悌次郎は三十歳であった。嘉永六年六月三日、ペリー艦隊が浦賀沖に現れ、幕末動乱の時代が始まるが、昌平黌では粛々と漢学の講義が続けられていた。書生寮の舎長であった悌次郎は落ち着いて勉学を続けるよう寮生たちを指導したという。

このとき、佐久間象山に洋学を学んでいた吉田松陰は黒船来航を知って浦賀に駆け付け、象山やその門人たちとともにペリー艦隊の動向を探索している。松陰は翌年、下田から密航を図って失敗するが、松陰にとって、志を実現するための行動を伴わない学問は意味を持たないものであったのだろう。しかし、幕府の学問所である昌平黌の書生たちは現実の政治問題、軍事問題に関与できない立場であった。
話は飛躍するが、昭和四十年代に大学紛争が燃え上がったとき、学生たちがそれぞれどのような態度を選択したか、黒船来航時の書生たちの行動と対比してみると、なかなかに興味深い。

閑話休題として、秋月悌次郎は安政三年（一八五六年）、三十三歳のときに書生寮の舎長を辞任し、故郷の会津に帰った。十九歳のとき、会津を出たのであったから、江戸での修業は足掛け十五年におよんでいた。帰郷した悌次郎は藩校日新館で漢学を教えている。

三年後の安政六年（一八五九年）、悌次郎は藩命により上方や西国諸藩の国情を視察する旅に出た。井伊大老により日米和親条約の調印、安政の大獄が強行され、世情騒然たる状況の中での旅であった。悌次郎は大阪から四国に渡り、中国地方を経て九州各地を回っている。

旅の途中、悌次郎は備中松山（現在の岡山県高梁市《たかはし》）を訪れ、著名な漢学者山田方谷《やまだほうこく》の教えを受けている。山田方谷は疲弊した藩財政を建てなおした実績があり、その要点を現地に見るための訪問であった。このとき、越後長岡藩の河井継之助《かわいつぐのすけ》も方谷の教えを受けに備中松山を訪れており、同じ世代の二人は互いに知り合うことになった。二人はその後、長崎で再会して親交を結ぶようになったが、のちに戊辰戦争で会津藩と長岡藩が悲惨な運命を共にしたことを考えると、運命的な出会いであったと言えるかもしれない。

この旅で、悌次郎は長州藩の藩政を視察するために、萩城下を訪れている。安政六年の夏のことで、安政の大獄で刑死した吉田松陰はこの年の五月、すでに萩の野山獄から江戸の伝馬町牢獄に送られていた。当時の長州藩は海外進出策と公武合体論を推進する政略を藩主が採用していたので、両藩の関係は後年のように険悪ではなかった。悌次郎は会津藩の著名な学者、漢詩人として盛んな歓迎を受けたという。

このとき、悌次郎は十五歳年下の長州藩士　奥村謙輔《おくむらけんすけ》に漢詩の詩作について指導したことがある。時は移って戊辰戦争がはじまると、奥村謙輔は越後方面を転戦した官軍の参謀として会津に到り、会津藩の副軍事奉行となっていた秋月悌次郎と感動的な再会をしている。このあとで触れることになるが、悌次郎の生涯を通して最も劇的な場面である。

幕末動乱の渦中にいた秋月悌次郎

秋月悌次郎が幕末の政治史に登場するようになるのは、尊皇攘夷をめぐって政局が緊迫した文久年間に入ったころからである。

その発端は安政五年（一八五八年）八月、朝廷が幕府をとびこして水戸、越前、尾張など十三藩に攘夷決行を命じる勅書を出したことにある。これを知った幕府は各藩に勅書の奉還を命じたが、強硬な攘夷論が強い水戸藩はなかなか幕命に従わない。さらに、万延元年（一八六〇年）三月に起こった桜田門外の変では、多数の水戸浪士が井伊大老殺害の犯行に加わっていたことから、幕府と水戸藩の関係は険悪となり、幕府は兵力で水戸藩を従わせようとするにいたった。幕府が御三家の水戸藩を兵力で成敗するような事態は異常である。

これを知った会津藩主 松平容保《かたもり》は武力衝突を回避するために両者の調停に乗り出し、まず文久元年（一八六一年）三月、家臣の外島機兵衛《とじまはたべい》と秋山悌次郎を水戸藩に派遣して藩の内情を探らせた。悌次郎を起用したのは、昌平黌時代に培われた人脈を活用すれば、水戸藩内部の状況をつかめるだろうと判断したからである。水戸藩のリーダーたち、武田耕雲斎《たけだこううんさい》と原市之進《はらいちのしん》（昌平黌の同窓）は藩内の攘夷過激派に手を焼いている実情を明かし、会津藩主の調停を喜んだという。

この調停工作が実を結んで水戸藩が勅書を奉還したため、武力成敗の事態は回避された。こうして第十四代将軍　家茂《いえもち》の信頼を得た松平容保は翌年、京都守護職に任命され、幕末の京を舞台にした凄絶な権力闘争に巻き込まれてゆくことになる。秋月悌次郎もまた、容保の信任を得て重用されるようになり、幕末の激動の渦に投げ込まれたのであった。

これに先立って、幕府では一橋慶喜《ひとつばしよしのぶ》が将軍後見職に、福井藩主　松平慶永《よしなが》（春嶽）が政治総裁職に任命されていた。将軍の座を紀州家の家茂と争い、安政の大獄で排除された一橋派の中心的な人物が、幕政の中枢に座って幕府の立て直しに取り組むことになったのである。

容保は京都守護職に就くことを一旦は断っていた。京から遠く離れた会津藩士たちは上方の事情に疎《うと》く、莫大な費用負担も生ずるからである。しかし、会津藩の家訓をもちだされて松平春嶽に口説かれたため、容保は就任を決意したという。藩主の決意を知った会津藩の家老たちは、京の情勢を探索するよう秋月悌次郎に命じた。

悌次郎はまず、長州藩の桂小五郎《かつらこごろう》、のちの木戸孝允《きどたかよし》に書簡を送り、「京の情勢について教えて欲しい」と協力を求めている。木戸の膨大な文書を収めた『木戸孝允関係文書』（全五巻、東京大学出版会）には、秋月が桂に宛てた書簡七通が含まれており、最初の書簡は文久二年閏八月四日の日付になっている。容保が京都守護職に任命された直後のことで、文面から二人はかねて面識があったことがうかがわれる。

この書簡のなかで、悌次郎は「主人が大任を命じられたことは誠にもって当惑の至り、御察し下されたく候。ついては京表の事情をはじめ好き措置についての御考えも詳しく拝聴いたしたく、何分腹蔵なくご教示くだされるよう願い奉り候」と記している。このあとの書簡には、幕府を批判する桂小五郎の意見を藩主に伝えたことや福井藩主 松平春嶽の政治顧問をしていた横井小楠《よこいしょうなん》（熊本藩士）と会うことなどが記されている。激動する政局の水面下の動きを示す興味深い書簡である。

京都守護職に任命された容保が藩臣千人を引き連れて京に入ったのは、この年の暮のことである。先遣隊の一員として京に入った悌次郎は京都所司代との調整や藩主一行の宿舎の確保などの準備にあたり、京都守護職の公用人に任命された。公用人は藩を代表して朝廷や諸藩と折衝する、いわば外交官のような役割で、悌次郎の識見と交渉能力を評価した江戸詰の家老 横山主税《ちから》の推薦によるものであった。このとき、悌次郎は三十八歳である。

このころの京都は尊皇攘夷の志士と称する浪士が横行し、きわめて不穏な情勢であった。攘夷の実行を説く浪士たちのなかには、攘夷の資金集めを口実にして富商から金を奪う事件もしばしば起こっていた。また、幕府に与《くみ》するとみた公卿の家臣を血祭りに上げ、「天誅」という札を張り付けるといったテロも頻発していた。京都守護職の最初の仕事はこうした不逞の徒を取り締まり、京の治安を回復することであった。

容保が京にいた文久三年（一八六三年）から慶応四年（一八六八年）にかけての政局の動きは複雑にして転変極まりない。そのなかで秋月悌次郎が関係した、というよりは主役の一人になった文久三年のクーデター事件、いわゆる「八・一八の政変」の顚末《てんまつ》を紹介しておこう。

文久三年八月十三日、高崎佐太郎《さたろう》と名乗る薩摩藩士が秋月悌次郎の京の居宅を訪ねてきた。高崎は「近ごろ、朝廷から叡旨《えいし》と称して下される勅旨の多くは一部の公卿たちの策謀による偽勅だと聞いている。聖上（筆者注　孝明天皇を指す）も心配され、中川宮に粛清の道はないかと相談されたという」と語り、「君側の奸を除くために薩摩藩と会津藩が提携しよう」と提案した。

高崎が「君側の奸」といったのは、攘夷の実行を迫る長州藩とこれに呼応して朝廷の権威回復を目論んでいた三条実美《さんじょうさねとみ》中納言ら攘夷派の公卿たちのことである。悌次郎の報告を聞いた松平容保は薩摩藩との提携に異議はなく、高崎とともに中川宮のもとを訪れるよう指示した。中川宮は朝廷と幕府が協力して国難にあたるべきだという考えを持っており、攘夷急進派の公卿たちと対立していた。

会津と薩摩が提携して兵力を動員する。これができれば、朝廷から急進派の攘夷勢力を排除できることになる。この秘略を喜んだ中川宮は参内して孝明天皇に進言し、孝明天皇の決断によって密かにクーデターの準備が進められた。八月十八日の午前一時ころ、会津・薩摩の藩兵が御所の禁門を固め、攘夷派の公卿や長州兵を締め出す形でクーデターは実行された。これによって三条中納言ら攘夷派の公卿七人は長州に奔り、大和や生野における攘夷派の蜂起も幕府・諸藩の軍によって鎮圧された。

これが幕末史に残る「八・一八の政変」のおおまかな経過で、このあとしばらくは薩摩、土佐、福井などの有力大名と幕府が朝廷と協力して政局を動かす流れが続くことになった。孝明天皇は攘夷を望んではいたが、公武の協力を大切にし、尊皇の気持ちを貫く容保を深く信頼していた。このため会津藩と薩摩藩の兵力による政変を決断されたのであろう。悌次郎は幕末史に残る政変劇の端緒をつくったことになる。

秋月悌次郎はこの政変のあと、中川宮と二条関白の顧問にあげられた。しかし、急進派の攘夷勢力が朝廷から駆逐されたことによって、会津藩内では幕藩体制を固守しようとする守旧派の声が大きくなり、悌次郎を疎《うと》む空気が生まれていた。悌次郎を支えていた横山家老が病死すると、悌次郎に不遇のときがやってきた。会津藩が治めることになった蝦夷地・斜里《しゃり》の代官に左遷されたのである。

慶応元年（一八六五年）九月、四十一才の悌次郎は北海道に渡り、地方視察に出かけるなど代官所の仕事に誠実に取り組んでいた。あるときに巨大なヒグマに襲われかけたこともあるという。また、京で東奔西走していたころの疲れが出たのか、病気になったこともある。そのときに作った詩のなかで、悌次郎は「死して枯骨を埋むるも　また悪むに非ず」と述べている。不遇の境涯を冷静にうけとめ、淡々と職務を果たす気持ちが表われていると思う。ハーンが会津の古武士に見た「剛毅、誠実の精神」とは不遇のときにも冷静に自己をみつめる精神ではないだろうか。人間の価値は不遇のときに表われるものである。

幕末維新の歴史はまさに転変極まりない。クーデターで京を追われた長州藩は翌年の夏、蛤御門の戦いに敗れ、下関の砲台が英米仏蘭の四か国連合艦隊によって占領される危機に直面していた。さらに蛤御門の戦いで御所に兵を向けた罪を問われ、長州征伐の幕府軍に包囲される苦境に陥っていた。この第一次長州戦争は長州藩が家老三人に自刃を命じ、その首を差し出すことで収まったが、ここから歴史の逆転劇がはじまったのである。

翌慶応元年一月、高杉晋作が下関で挙兵し、内戦を経て藩論を幕府に抵抗する方向に導くと、歴史の潮目は逆に流れはじめる。慶応二年一月、坂本竜馬の斡旋によって西郷隆盛と桂小五郎が倒幕の薩長同盟に合意し、第二次長州戦争に出動を命じられた諸藩も動こうとしなくなっていた。将軍家茂の病死によって再度の長州戦争は停止され、歴史は幕府崩壊へと動いていく。この間、公武合体の会薩同盟から倒幕の薩長同盟へ、薩摩藩の行動は変幻自在である。

このころ秋月悌次郎は蝦夷地に在って、アイヌの人々の暮らしを見つめる日々を過ごしていた。この悌次郎に「至急、帰国せよ」との指令が届いた。慶応二年の暮のことである。酷寒の蝦夷地を横断して旅を続け、京に着いたのは翌慶応三年（一八六七年）の三月下旬であった。悌次郎は薩摩藩との提携を回復すべく働きかけたが、すでに天下の大勢を挽回することは不可能であった。この年の秋から翌慶応四年の正月にかけて、大政奉還，王政復古、鳥羽伏見の戦いと進んでいく。

続く戊辰戦争。東北列藩同盟を組織し徹底抗戦を叫ぶ会津藩にあって、秋月悌次郎は軍事奉行添役（副奉行）に任命されていた。越後口に出陣した悌次郎は長岡藩の河井継之助と再会する。かつて西国視察の旅で親しく交わった友である。河井は長岡城攻防戦で負傷し、やがて死亡した。攻める東征軍―いわゆる官軍―の主力は長州、薩摩、土佐の藩兵で、長州隊の最前線には、かつて悌次郎に詩作の指導を受けた奥平謙輔が参謀の立場で転戦していた。

慶応四年（一八六八年）の夏、続々と会津領内に進撃してきた東征軍に対して会津藩は籠城戦で抵抗、激戦一カ月の末、ついに会津若松城は落城した。この籠城戦で活躍した山本八重の話や白虎隊の悲話などは大河ドラマ『八重の桜』でご覧いただいたこともあるだろう。

東北列藩同盟の友藩が次々に敗北、降伏していくなかで、孤立無援になった会津藩はついに開城を覚悟せざるを得なくなった。しかし、開城に先だって降伏の条件を取り決めておかなければならない。このつらい交渉を任せられたのは副軍事奉行の職にあった悌次郎であった。

改元により明治元年となっていた九月十五日、悌次郎は手代木直右衛門《てしろぎすぐえもん》とともに会津若松城を脱け出し、会津坂下《ばんげ》にあった米沢藩の陣所に潜行して降伏の手順や内容を相談した。米沢藩は東北列藩同盟の友藩であったが、すでに九月四日に降伏し、友藩の立場で会津藩に降伏を勧告してきたのであった。さらに九月十九日、再び城を脱け出し、降伏の斡旋をした米沢藩の藩士とともに官軍の本営に赴いて、参謀の板垣退助と開城の手順などについて談判した。

九月二十二日、若松城・追手門前の路上で降伏式が行われた。悌次郎が白い降伏旗を立てたあと、緋毛氈《ひもうせん》を敷いた式場に敗者の藩主父子と家老たちが着座し、勝者の軍監である薩摩の中村半次郎に容保が謝罪状を差し出して降伏式は終わった。謝罪状の内容は「自らの死生はいかようになろうとも、藩内の民と城内の老幼婦女子についてはご赦免を嘆願する」というもので、続いて藩主への寛大な扱いを求める家老連名の嘆願書が渡された。板垣と悌次郎の談判で合意された内容であった。

このあと、容保父子は妙国寺へ、家臣は猪苗代へ立ち退

戊辰戦争後の会津若松城

いて謹慎し、会津若松城は官軍に明け渡された。城中の老幼婦女子はそれぞれの身寄りのもとに立ち退くことを許された。悌次郎はこの降伏式場の設営も担当したが、のちに式場に敷いた緋毛氈《ひもうせん》を割き、敗軍の辛苦の印として分かち合ったと伝えられる。悌次郎はこのときの思いを「泣血氈《きゅうけつせん》」と題する文に書き残している。

猪苗代に謹慎して十日経ったとき、悌次郎のもとへ一通の手紙が届いた。越後口を転戦していた長州干城《かんじょう》隊の参謀、奥平謙輔からの書簡であった。日付は九月二十四日。奥平は会津落城を知って旧知の秋月にその思いを伝えるべく、若松城下の僧侶、河井《かわい》善順《ぜんじゅん》に書簡を託したのであった。

「相見ざること八九年…」と書き出した奥平の文章は情理を尽くし、悌次郎の心を揺さぶるものであった。会津藩の行動について、「もし貴国がなかったならば、徳川の祖霊は祀られることなく滅んだであろう」と述べ、「徳川への節義を貫いた会津藩が、その心をもって朝廷に尽くしてほしい」と結んでいる。

秋月悌次郎はこの書簡に涙し、奥平への返書をしたためた。漢文で記された、この悌次郎の長文の書も名文である。悌次郎は返書の冒頭で「藩主容保の素志は固《もと》より天朝に在り。独り幕府の為に非ず」と述べ、公武一和に尽くしてきた会津藩主への理解を求めている。また、「井戸に落ちんとする子を視て、これを救わんと奔るのは人情であり、宗家が危急に陥ったとき、どうして座視することができようか」と会津藩の立場を述べ、さらに「結局、溺れる子を救うことはできなかった。斧鉞《ふえつ》の誅《ちゅう》（重い刑罰）を甘受するつもりであるが、わが藩の祖霊を絶やさず、朝廷に尽くす途が与えられるならば、朝廷の先駆となって尽くすであろう」と訴えている。

一語一語に血涙の思いをこめたこの書を持って、悌次郎は謹慎地の猪苗代を密かに脱け出し、河井善順の従僕に変装して会津坂下から越後に向った。奥平謙輔に会って、書に記した思いを伝えるためであった。越後で奥平に再会した悌次郎は藩主父子に対する寛大な措置を頼むとともに、会津藩士の少年三人を手許において教育してほしいと依頼した。

朝敵の汚名を着せられた会津では高い教育を受けることができなくなると考え、将来を担う人材の教育を奥平に託したのであった。このうちの一人、山川健次郎はのちに東京帝国大学総長になる。健次郎の妹は津田梅子らとともにアメリカに留学し、薩摩出身の陸軍元帥大山巌の妻になった山川捨松である。

この旅の帰途、秋月悌次郎は会津街道の束松峠《たばねまつ》で敗軍の将の思いをこめた七言排律の漢詩をつくった。「故有《ゆえあ》りて北越《ほくえつ》に潜行《せんこう》し、帰途《きと》得る所《ところ》」の題により、「北越潜行の詩」と呼ばれている。読み下し文で記しておこう。

行くに輿《こし》無く　帰るに家無し
国破れ　孤城　雀鴉《じゃくあ》乱《みだ》る
治《ち》は功を奏せず　戦《たたかい》は略《りゃく》無し　（治は京での政治活動をさす）
微臣《びしん》罪有り　復《ま》た何をか嗟《なげ》かん
聞くならく　天皇元《もと》より聖明《せいめい》
我公《わがこう》は貫日《かんじつ》　至誠に発す　（貫日は日を重ねる意）
恩賜の赦書《しゃしょ》　応《まさ》に遠きに非《あら》ざるべし　（恩赦の沙汰は遠くないと願う意）
幾度《いくたび》か手を額《ひたい》にして京城《けいじょう》を望む
之《これ》を思い之を思うて　夕より晨《あした》に達す　（明け方になってしまったの意）
愁い胸臆《きょうおく》に満ちて　涙　巾《きん》を沾《うるお》す　（涙が止まらないの意）
風は淅瀝《せきれき》として　雲惨澹《さんたん》たり　（風はさびしく雲は暗いとの表現）
何《いず》れの地に君を置き　又親を置かん

亡国の悲しみをうたいつつ、誠心誠意、朝廷に尽くした主君容保の前途を憂うる絶唱である。戊辰戦争のあと、会津藩の人々は朝敵、逆賊として扱われ、塗炭の苦しみを味わった。それだけに、この「北越潜行の詩」は会津の人々の心の琴線に触れるのであろう。今でも折に触れて吟じられるという。

この詩の第三句で、悌次郎は「治《ち》は功を奏せず　戦《たたかい》は略《りゃく》無し」と述べ、続く第四句に「微臣《びしん》罪有り　復《ま》た何をか嗟《なげ》かん」と連ねている。敗軍の将として、亡国にいたらしめた責任を負う覚悟を示した句である。この詩はハーンが評した「剛毅、誠実、高潔の精神」を見事に表しているといえるだろう。

激動の時代を生き抜いた秋月悌次郎は、権謀一筋ならぬ政局を動かした政治家であり、敗戦の処理という難局をこなした武将であった。しかし、幕末維新の時代から百五十年を経た今、秋月悌次郎は政治家・武人としてよりも、会津人の心をうたった詩人として記憶されている。

ラフカディオ・ハーンが熊本で出合った会津の古武士。その人格から薫り出る「日本の魂」は若き日に身につけた漢学の素養とそれに裏打ちされた詩人の心であったかもしれない。

秋月悌次郎は明治二十八年、熊本五高を辞して故郷に帰り、静かな老後を過ごした。明治三十二年、東京に移り、翌三十三年一月五日に死去した。享年七十七歳であった。

（平成二十五年初稿、令和四年三月改稿）

服部一三

運命の出会い　服部一三
―米国万博・松江中学・三陸大津波―

小泉八雲の文学を愛好している人は、服部一三《はっとりいちぞう》の名前を見て「あの人物のことだね」と、服部の写真を思い浮かべるかもしれない。服部一三はラフカディオ・ハーンが日本に来る前に知り会った最初の日本人であり、その後、日本に渡ってきたハーンに松江中学英語教師のポストを斡旋した人物である。服部の写真は八雲文学を解説する書物や文学展などで紹介されているので、その謹厳な風貌を思い出す人もいるのではないか。

二人が知り合ったのは一八八四年（明治一七年）の暮れから翌年の二月にかけて、アメリカのニューオーリンズで開かれた万国博覧会の会場であった。当時、ラフカディオ・ハーンは地元ニューオーリンズの新聞社、タイムズ・デモクラット社の文芸部長をしていて、東洋関係の神話や文学などを題材とした作品を執筆するかたわら、新聞記者として博覧会の記事を書くことに忙殺されていた。

一方、明治初期にアメリカに留学した経歴をもつ服部一三は東京大学幹事の要職にあったが、日本政府がこの博覧会に参加することになったため、明治十七年十月、渡米を命じられ、教育関係の展示を担当する博覧会書記官としてニューオーリンズに滞在していた。日本が出展した文物に興味をもったハーンはしばしば服部を訪ね、服部はハーンの熱心な取材に応じていたのである。

一八五〇年（嘉永三年）生まれのハーンはこのとき三十五歳。嘉永四年生まれで三十四歳であった服部一三とハーンは互いに親近感と敬意を抱いたのであろう。二人の出会いはハーンを日本に引き寄せる伏線となった。

ニューオーリンズでの出会い

一八八四年（明治十七年）十二月十六日、アメリカ・ルイジアナ州のニューオーリンズで万国博覧会が開会した。アメリカ南部の重要な産物である綿花がニューオーリンズ港からイギリスに輸出されて百年になることを記念する博覧会で、この百年間に産業が急速に発展したことを紹介する博覧会でもあった。

博覧会の会場はニューオーリンズのアッパー・シティ・パーク。およそ百ヘクタールの会場に、巨大建築の本館をはじめアメリカ政府と各州の出品館、総ガラスの園芸館、動物館、美術館などが立ち並んでいた。この万国博覧会に海外から参加した国は二十七か国。ヨーロッパの主要国や中南米諸国とともに、アジアからは日本や中国が参加していた。

アメリカの展示は先史時代からの歴史と風土、豊富な資源と産業の発達が理解できるように工夫され、アメリカで発明、開発されたさまざまな産業機械や農業機械などが大きなスペースにずらりと並んでいた。そのなかで黒人たちの作った手芸品の展示が注目を集めたという。

当時のアメリカは、奴隷解放令をめぐる南北戦争が終わって二十年。南部諸州には黒人への偏見、人種差別の空気がまだ色濃く残っていた。一八八〇年の資料では、黒人の九割は農業や召使など、奴隷制時代と同じ職業に従事していたといわれる。そこで、解放後の黒人たちが社会的に進んでいることを世界に示そうと、政府棟の一角は黒人たちの手工芸品で埋め尽くされていた。

一方、ヨーロッパの各国はこの博覧会にあまり熱心でなく、展示内容は地味な印象を与えていた。そのなかで日本と中国は、博覧会を機会に貿易を伸ばそうと、熱心に取り組んでいた。とりわけ日本政府の取り組みは熱心で、本館の広いスペースに政府各省が出品した文物のほか、政府の委託を受けて二つの会社が出品した陶磁器、漆器、織物、紙細工などの美術工芸品が展示されていた。

日本の展示コーナーは、農業、工業、工芸品、そして教育の四つの分野に分かれていた。このうち農業のコーナーは、日本の風土に育まれた多種多様な動植物を紹介し、豊かな自然環境のなかで営まれる農業の姿を示していた。工業のコーナーでは、漆器や七宝焼など、伝統的な工芸品の製造工程を示す展示があり、さまざまな和紙が生産されていることも紹介していた。優美な花瓶、繊細な香炉、精巧な彫刻などが並んだ美術工芸品のコーナーでは賛嘆の声が絶えなかったと伝えられる。

日本の展示コーナーのなかで最も目立つ場所は教育に関する展示に割り当てられていた。幼稚園から小学校、中学校へと段階的に移行する教育の組織、方法、器具などがわかりやすく展示され、東京大学で採用されている各種言語の教科書や工学部の学生が作った精巧な機械模型なども紹介されていた。また、女性教育に関する展示や視聴覚障害者の教育を示す展示もあり、日本の教育が高い水準に達していることをアピールしていた。

日本政府は博覧会の展示を通して、近代化する日本の姿を世界に示したいと考えていた。そこで産業だけでなく、教育分野でも日本の進歩した姿を示そうと考えてこのような展示を企画し、アメリカに留学した経験がある服部一三を博覧会の代表事務官の一人に任命したのである。再びアメリカに渡った服部一三は、博覧会の記事を取材するハーンとニューオーリンズの博覧会場で出会うことになる。

そのころ、ラフカディオ・ハーンは地元の新聞社、タイムズ・デモクラット社の文芸部長として博覧会の取材にあたり、ニューヨークの有力出版社ハーパーズ・マンスリーにも博覧会の記事を送っていた。ラフカディオ・ハーン著作集の第四巻（恒文社）には、ハーパー社の雑誌に掲載された六つの博覧会探訪記事があり、ハーンが博覧会のどんな展示に興味をいだいたかがわかる。

六つのルポルタージュ記事の題名は、「ニューオーリンズ博覧会 ―日本の展示物」「ニューオーリンズに見る東方の国」「ニューオーリンズでのメキシコ展」「東洋の珍しき品々」「珍しいものを探す人の覚え書」そして「ニューオーリンズの政府展示物」である。その一部を寺島悦恩《えつお》氏の訳で紹介しよう。

本館を訪れる見物者たちの関心は、現在のところ、日本の展示物にとくに引きつけられがちである。それが、他の東洋の国々やヨーロッパ諸国の展示物よりはるかに完成しているといってよいからである。

これは、開会して間もないころにハーンが書いた「ニューオーリンズ博覧会 ―日本の展示物」の書き出しである。ハーン自身が日本の展示に興味をもったからであろう。この記事で、ハーンは日本の陶磁器や青銅品の魅力をあれこれと語り、日本の彫刻や絵画の特質について、次のように述べている。

最良の時代の日本美術が無類な点はムーブマン、つまり目に映る動きのリズムや詩趣である。…　神々や女神たちの彫像を別にすれば、日本人は、人物の描写においで長けているとはけっして言えない。しかし、動物の彫刻や絵画には、洗練度において驚嘆すべきものがある。…　自然の模写に終わっているのではない。きわめて美しい理想化なのである。

この文章を読むと、来日したハーンが松江で出会った彫刻師、荒川亀斎《あらかわきさい》の作品に魅かれ、松江中学の同僚、西田千太郎を交えて親交を結んだ背景がわかるような気がする。「ニューオーリンズに見る東方の国」は三月初めの雑誌に掲載された。日本と中国の展示を紹介しているが、書き出しの文章に服部一三の名前が登場する。その文章を引用しておこう。

日本の教育に関する優れた展示運営のために、日本政府から派遣された紳士、服部一三に驚かされたのは、ハーパー兄弟社の出版物が日本で広く知られているという話を述べたからではなく、むしろ、日本の大学・学校が、わが国に比べていささかも劣るところがないという紛れもない証拠を提示したからである。日本人の学者たちによる科学的な学術書、英語、フランス語、ドイツ語から日本語に移された科学の教科書、歴史書、参考図書、それに、教育に関するスペンサー、トムソン、アンダーソン、ソープなどのアメリカ人学者による著述を含めたリストには全く仰天させられる。むろん、こうした翻訳の多くは政府の命令によってなされてきたに違いないが、費用もかかり、厖大な労力を要する外国の書物の紹介には、一方で市民の崇高な企てや文学界の寛大さのお蔭があったに違いない。

ハーンはこの記事のなかで、東京大学医学部の技師が製作した人体の解剖模型の出来栄えに「異常なまでに驚いた」と記し、「この作品が東京の大学で製造されたとはよもや思いはしないだろう」と称賛している。

この博覧会が開催されたのは明治十七年の暮れであり、明治維新からわずかな時間しか経っていない。ハーンを驚かせるほど急速に日本の近代化が進んだのはなぜか。その謎を解く鍵は、明治以前の日本人がすでにある程度の知的水準に達していたことにあるのではないかと考えたいが、いかがであろうか。

三月末に掲載された「東洋の珍しき品々」は、日本古来の楽器と音階について解説する文章に続いて、理科教育の実験装置を教師たちが創意、工夫を凝らして自ら作り出していることを紹介している。展示品には、驚くほどさまざまな種類の単純な化学装置が含まれていたが、「実費は全体で、アメリカのお金で十二ドルにもならないと、にっこり笑いながら服部一三は教えてくれたものである」と記している。

ハーンが日本の展示に強い関心をよせ、足繁く博覧会場に出かけて服部一三からいろいろと教わっていたことがわかる文章である。こうしたニューオーリンズでの二人の出会いが、ハーンを日本に引き寄せる伏線であったことは間違いないだろう。

長州人　服部一三　―四境戦争と米国留学―

ラフカディオ・ハーンが最初に出会った日本人、服部一三はいかなる人物か、その経歴を調べてみた。服部一三の生涯、なかでも少年時代から青年時代にかけての前半生はなかなか波乱に富んでいる。服部の伝記である『服部一三翁景伝』にしたがって、その生い立ちから青年時代、そして明治の初期、少壮の文部官僚として草創期の教育行政に活躍した半生を記しておこう。

服部一三は嘉永四年（一八五一年）二月十一日、現在の山口県山口市吉敷《よしき》の地に長州

藩の槍術指南役　渡辺兵蔵《わたなべひょうぞう》の三男として生まれた。生地は長州藩の藩庁が置かれた山口の西隣にある、のどかな農村であった。一三は後に漢学者の服部家を継いで服部姓を名乗ることになる。

服部一三がまだ幼少のころ、ペリー艦隊の来航（一八五三年）によって幕末動乱の時代が始まった。その五年後、長州藩の吉田松陰が安政の大獄によって刑死したころ、服部一三は吉敷村の私塾　憲章館《けんしょうかん》で漢学を学んでいた。そのころの恩師で後に養父となる服部哲二郎《てつじろう》は、勤皇の志士として活躍した人物で、長州藩が出兵して京の御所に迫った蛤御門の戦いにも加わっている。

この恩師の影響によるものであろう。服部一三は文久三年（一八六三年）、十三歳の少年ながらも、勤皇を旗印とした少年隊を組織し、その隊長となっている。その二年後、高杉晋作が奇兵隊を起こして幕府への恭順を誓う藩論を覆したときには、養父にしたがって奇兵隊の一翼に属し、これに続く第二次長州戦争では、十六歳の少年ながら軍鼓隊の一員として従軍している。

この第二次長州戦争は、長州藩では四境《しきょう》戦争とよばれている。大島口、芸州口、石州口、小倉口の四つの国境で、長州征伐を掲げる幕府軍を迎え撃ったことによるもので、服部一三は芸州口、今の山口県岩国市と広島県大竹市の国境で行われた戦闘に参加している。戦いがはじまったのは慶応二年六月十四日。国境を越えて侵攻しようとした幕府軍を長州軍が撃退している。

幕府軍の主力は「井伊の赤備え」で有名な彦根藩兵であったが、装備は旧式で、新式の小銃を装備した長州軍に敗れたのであった。芸州口の戦いはその後も続き、一か月ほど後に行われた大野・四十八坂の戦闘では、陣羽織を着け、馬に乗った宮津藩の武将が長州軍の遊撃隊によって討ち取られた。

この遊撃隊は奇兵隊を再編成した諸隊のうちの一つで、遊撃隊に属していた服部一三は、首実検のためにこの敵将の首を本陣に持ち帰る任務を命じられた。服部は後年の回顧談のなかで、「この敵将は奮戦の末、残念といって斃れた。近くの井戸で血首を洗った。首は重かった」と語っている。この敵将、依田利光の供養のために、長州藩が建てた「残念さんの碑」が大竹市の四十八坂に残っている。

この従軍生活のなかで、服部は遊撃隊の参謀をしていた河瀬真孝《かわせまさたか》から欧米の事情をたびたび聞かされていた。河瀬は同じ吉敷村の出身であり、その先輩に感化されて、服部は海外への留学を夢見るようになっていた。戦争が終わって、河瀬が英国に留学することを知った服部は随行することを熱望し、長崎まで随伴することを許された。

慶応三年（一八六七年）の春、十七歳のときである。

長崎では、二人のイギリス人について英語を習うとともに、佐賀藩の英学校、致遠館《ちえんかん》に通って経済学などを学んでいる。致遠館は藩主の鍋島直正がアメリカ人宣教師のグイド・フルベッキを校長に招聘した英学校で、大隈重信がフルベッキとともに後輩の育成に情熱を傾けていた。致遠館は佐賀藩士だけでなく、他藩の人材も受け入れていたので、服部も致遠館で学ぶことができたのである。

この写真、通称「フルベッキ群像写真」は、フルベッキと致遠館の教師・学生たちの集合写真で、明治初年、長崎の写真師、上野彦馬が撮影したものである。写真中央にフルベッキとその長男（娘という説もある）がいて、両隣に岩倉具視《ともみ》の次男具定《ともさだ》と三男具経《ともつね》の顔が写っている。若き日の服部一三もこの中にいる可能性はあるが、私には確かめることはできなかった。

フルベッキの群像写真

洋行の夢がかなえられたのは明治二年（一八六九年）の冬、服部が十九歳のときであった。勤皇の志士であった養父の服部哲二郎が奔走し、知遇を得ていた岩倉具視の子息二人に随行してアメリカに渡ることを命じられたのである。渡米二年後の明治四年(一八七一年)六月、服部はニュージャージー州のラトガース大学に入学して理学や法学を学ぶとともに教育制度の調査にも熱心に取り組んだ。

明治四年、岩倉使節団の一行がアメリカ各地を訪問したときは、ボストンで木戸孝允(桂小五郎)をはじめ伊藤博文、井上馨ら長州藩の先輩と会っている。服部の外遊日記によると、八月一日(旧暦)、木戸一行とともに市長招聘の晩餐会に列席し、翌日は使節団に加わっていた伊藤博文、井上薫と会い、夜遅くまで歓談している。また三日には、使節団の送別会に列し、木戸孝允と教育問題を論談したことが記されている。

木戸孝允は明治新政府のなかでも教育の問題に熱心で、日本の近代化を進めるために教育制度の整備充実が不可欠と考えていた。そのため、木戸は服部に欧米の教育体制をしっかりと調べるように求め、服部も木戸の求めに応じて熱心に教育制度の調査に取り組んだのである。

こうして木戸の知遇を得た服部一三は、留学を終えて帰国したあと、教育官僚としての道を歩むことになる。木戸の信頼を得たのであろう。木戸はその後もアメリカ留学中の服部に書状をたびたび送っている。服部に宛てた明治七年九月十四日付けの書簡は、台湾出兵問題など政府内部の意見が対立している状況を伝え、出兵に反対する木戸の見解を書いている。現代文にして一部を紹介してみよう。

この春、台湾征討の議論が起こったときは、百方、抗説(反対)したが、これも容れられなかったため、止むを得ず(参議を)辞職した。…小生は従来の習俗、人智の品位、国の貧弱を顧慮して、大いに教育に心を用いてきたが、浅学文盲の徒の流行説に勝つことができず、遺憾千万である。(中略)

薩摩の兵隊らの勢いも強く、小生は長州にいるが、先日、東京の新聞をみたら「兵隊政を為す」という題があった。この野蛮風では前途の事はおぼつかないと思う。…台湾の件も支那と葛藤を生じ不穏、今後、兵端を開くようなことになっては、人民の損害、少なからずと憂慮している。(カッコ内は筆者補注)

木戸は台湾出兵を主張する薩摩や土佐の高官らを「野蛮風」と決めつけており、他聞をはばかる書簡である。服部一三を身内と信用しているから、このような書簡を書いたのであろうが、長州人の連帯意識の強さが伝わってくる。

草創期の文部官僚

明治八年（一八七五年）、服部一三はラトガース大学を卒業し、バチェラー オブ サイエンス（理学士）の学位を得て帰国した。帰国の直後、服部は文部省督学局に出仕している。木戸孝允は帰国の予定を書簡で問い合わせており、木戸の指示で文部省に出仕したことは間違いない。

服部は明治九年、僅か二十六歳で東京英語学校の校長に任命された。その翌年、明治十年には東京開成学校が東京医学校をあわせて東京大学と改称したが、東京英語学校は開成学校予備門と合併して東京大学予備門となり、服部が予備門の初代主幹に任命された。東京大学予備門はのちの旧制一高である。

この時代は西南戦争に敗れた西郷隆盛が鹿児島で自刃したころである。西郷の死の半年前、服部を引き立てた木戸は病死していた。そのなかで明治政府は教育制度の改革に取り組み、毎年のように学校制度の改変を行っていた。服部は留学で得た知見をもとに、教育制度改革の最前線に立っていたわけで、文字通り、草創期の文部官僚といえるだろう。

二年後の明治十二年には、大阪英語学校を改称した大阪専門学校の綜理に転じている。大阪に赴任した服部は理科と医学の二つの学科を新設し、医学科はドイツ語で教育することをはじめている。大阪専門学校はのちに旧制三高となるが、服部の部下には高橋是清《たかはしこれきよ》や團琢磨《だんたくま》の名前がある。高橋是清はのちに総理大臣、團琢磨はのちに三井財閥を率いることになるが、明治の日本は若い世代がいろいろなところでつながっていた時代であった。

明治十三年（一八八〇年）、服部は東京大学の法学部・理学部・文学部綜理を命じられ、十五年には東京大学幹事を任命されている。大学運営の責任者という要職であったが、この職に在任中、ニューオーリンズの万国博覧会に出向し、ラフカディオ・ハーンと出会ったことは最初に書いた通りである。ヨーロッパ諸国の教育事情を視察して帰国した服部は文部省関係のいろいろ職務を携わったあと、明治二十二年、文部省の普通学務局長に任命された。

その翌年、ハーンが来日し、松江中学英語教師のポストを斡旋したこともすでに記した通りである。繰り返しになるが、その経緯を振り返っておこう。

来日したハーンは横浜や鎌倉の社寺などを回って、日本紀行を書くための準備をするとともに、帝国大学文科大学のチェンバレン教授（博言学）やフェノロサ夫妻と知り合い、日本への理解を深めようとしていた。そのころ、ハーパー社の待遇が同行の挿絵画家ウェルドンより低いことを知って、ハーンの激情が爆発し、ハーンはハーパー社との関係を絶ったのである。

原稿料を手にする手段を捨てたハーンはチェンバレン教授らに就職探しを依頼していた。文部省の普通学務局長であった服部一三は、チェンバレンの依頼を受けて、松江中学英語教師のポストを斡旋した。服部はすでにニューオーリンズの博覧会でハーンと知り合い、日本の文化に対するハーンの敬意とその人柄を知っていた。この出会いがあったから、服部は即座にハーンこそ適任と判断し、島根県知事の籠手田安定にハーンを推薦したのである。

松江に着任したラフカディオ・ハーンは小泉セツと出会い、やがて日本人 小泉八雲となった。服部一三はその運命の旅路を開く役割を果たしたのである。人と人との出会い、そしてその出会いによる人の縁《えにし》はまことに不思議なものである。

明治の三陸大津波に遭遇して

服部一三は明治二十四年四月下旬、第一次山県有朋内閣によって岩手県知事に任命された。アメリカ留学から帰国して以来、文部官僚を務めていた四十歳の服部にとって、この人事異動は意外であったかもしれない。しかし、服部は未経験の仕事を苦にすることなく、五月十二日、岩手県に着任した。歴史に「…たら」と「…れば」はありえないが、この人事異動が一年前に行われていたら、ハーンの運命は変わっていたかもしれない。

岩手県は旧盛岡藩と旧仙台藩の領地を統合して生まれたもので、明治時代の中ごろになっても、南北の反目・対立が激しく、旧仙台領であった南五郡の分離論がときに噴出する土地柄であった。このため、服部知事は県内の融和を図ることを第一にして県庁の官吏を指導し、議員たちの説得を重ねたと服部の伝記は記している。

県内の交通は不便で、特に沿岸部への交通は不便極まりなかった。そこで、服部知事は道路の新設や改修に重点的に取り組み、釜石鉱山と釜石港を結ぶ鉄道の敷設に努力したという。また、農作物に恵まれず、県民の生活は飢饉が続いた旧藩時代とさして変わらない、疲弊した状態にあった。このため服部知事は水産業と養蚕業の振興に力を入れ、沿岸部の各郡から生徒一名を選抜して県費で水産伝習所に入所させるようなことも行ったという。

服部知事が時間をかけて取り組んだのは教育の充実で、盛岡中学や一関中学などの校舎の拡張・新設を進めるとともに、無資格の教員を退職させ、新進気鋭の教員を招くなど思い切った人事を断行した。この結果、盛岡中学から後年の海軍大将　米内光政や三菱社長　郷古潔ら多くの人材が輩出する基礎が築かれたと伝記は述べている。多年、教育行政に携わってきた服部の識見が生かされたというべきであろうか。

こうして知事としての在任期間が五年を過ぎた明治二十九年（一八九六年）六月十五日、岩手県の三陸沿岸は未曾有の大津波に襲われた。津波を引き起こした地震の震源は、現在の岩手県釜石市の東方沖二百キロの海底で、地震の規模はマグニチュード8.5と推定されている。地震の発生は午後7時32分。県内各地の震度は2〜3程度で、緩やかな、長く続く震動であったが、地震による直接的な被害はほとんどなかった。

この地震の発生からおよそ三十分後の午後八時過ぎ、第一波の大津波が北海道の襟裳岬から宮城県の牡鹿半島にかけての太平洋沿岸を襲った。津波は数回にわたって押し寄せたが、最大の津波は第二波で、陸地をかけあがった波の高さは現在の宮古市田《た》老《ろう》町田老地区で十四・六メートル、大船渡市三陸町吉浜《よしはま》地区で二十四・四メートル、同じく三陸町の綾里《りょうり》湾の奥では三十八・二メートルに達したと記録されている。

このとき、三陸の村々では日清戦争に従軍して帰還した兵士たちの祝賀会があちこちで開かれていた。また旧暦の端午の節句を祝っている家々もあった。地震の揺れ方がさほど激しくなかったため気にかけない人が多かったと伝えられるが、しばらく経ってから突如として大津波が押し寄せ、人々は逃げるまもなく津波に巻き込まれたのであった。海のかなたに遠雷のような、あるいは大砲の轟音のような音を聞いた人もいたと伝えられる。
東京大学名誉教授　宇佐美龍夫《うさみたつお》さん（故人）の労作『新編　日本被害地震総覧』によると、この三陸大津波による岩手・宮城・青森の三県の死者と行方不明者はあわせて二万一千九百五十三人、うち岩手県の犠牲者は一万八千百五十八人にのぼった。また流失した家屋は九千八百七十八戸、全壊した家屋一千八百四十四戸、流失した船舶六千九百三十隻を数え、その他、家畜や農作物の流失、堤防や道路の損壊も甚だしいものであった。

この大津波が三陸沿岸を襲ったとき、服部一三は府県知事会議に出席するために上京していた。服部の手記によると、翌十六日の午前十一時過ぎに届いた電報で津波の襲来を知り、午後四時半上野発の汽車で盛岡に帰った。それからの服部は文字通り不眠不休で被災者の救援、被災地の復興にあたり、一日に三〜四時間の睡眠しかとれない日が数十日に及んだという。
服部一三が当時の内務大臣　板垣退助に提出した震災被害の報告書が残されている。この報告書の一部を引用しておこう。三十八・二メートルもの津波を記録した気仙郡綾里《りょうり》村の惨状や生存者の状況を述べた文章である。

綾里村の如きは、死者は頭脳を砕き、或は手を抜き、足を折り、実に名状す可《べ》からず、村役場は村長一名を残すのみ、尋常小学校駐在所 皆流失して片影を止《とど》めず、駐在所巡査は家族と共に死亡せり

田園は荒廃し家屋は流亡し、居るに家なく、食うに米なく、適々《たまたま》死を免《まぬが》れたりと雖《いえ》ども今や飢饉の困難に陥り、数日を出でずして死地に就《つ》かんとするを以て、白米一千石余を被害各地に送付し此等《これら》窮民の救助に充《あて》たり（ルビは筆者）

岩手県は旧藩時代から飢饉が多く、維新後の県の財政事情も困難であったから、服部にとって、当面の救援資金をはじめ復旧復興の資金を確保することが緊急の課題であった。板垣内相に提出した報告書も明治政府の中央備荒儲蓄金《びこうちょちくきん》（災害対策予備費）の交付を申請するための文書であった。

日清戦争の直後であったので政府の財政も余裕はなかったが、結局、政府から救助金三十七万円が交付され、ほかに全国から寄せられた義捐金四十一万円と皇室からの御下賜金一万三千円で被災者の救援と復旧事業が行われた。今日の貨幣価値に換算してどれぐらいになるか分からないが、十分な金額とはいえないだろう。

この年は大津波だけでなく、八月三十一日には秋田県との県境付近でマグニチュード7.2の陸羽地震が発生し、県下未曾有の洪水被害が三回もあったという。服部は「多

事なりしことは実に名状すべからず」と回顧している。今、東日本大震災に遭遇した各地の首長は服部と同じような、あるいは服部よりもずっと厳しい苦労をしていることであろう。

ところで、服部一三は実は日本地震学会の初代会長であった。日本の地震学史に詳しい人はともかく、これを知る人はほとんどいないだろう。私も東大地震研究所の所長を務めた宇佐美龍夫さんの著書『「なゐ」の反古拾い』を読んでいてはじめて知ったことである。日本地震学会が創設されたのは明治十三年(一八八〇年)、西南戦争の余燼が残っていた時代である。

宇佐美さんの著書によると、地震学会の初代会長は時の工部卿　山尾庸三《やまおようぞう》に依頼してあったが、多忙のために引きうけられないと断られたため、文部官僚として東京大学に関係のあった服部が初代会長に選出されたという。服部が英語に通じ、地震学に深い関心をもっていたことが会長選任の理由であった。なによりも、服部自身が地震学に深い関心をよせ、古代中国の地震に関する知識を示す図像を描かせたりしていた。こうした経歴をもつ服部が三陸大津波に遭遇し、被災地の知事として苦労したことは運命の不思議というしかない。

服部一三は岩手県知事のあと、広島県と長崎県の知事を経て、兵庫県知事に就任した。兵庫時代の服部は、神戸港の建設に力を注ぎ、今日の神戸の基礎作りに貢献した。その業績は神戸の人々に強い感銘を残し、服部の死後、神戸の政財界の人々は「服部一三を顕彰する会」を設立し、伝記編纂などの事業を行っている。

晩年の服部一三は貴族院議員に任じられ、大正十二年（一九二三年）の関東大震災の直後に開かれた貴族院本会議で震災復興計画に関する質問演説を行っている。そのなかで服部は埋立地において最も震動が激しいことを指摘し、地震に関する専門知識を交えながら、震災後の復興計画の安全性を質している。

今年、二〇二三年は関東大震災からちょうど百年、首都圏直下型地震や東南海大地震の発生も危惧されている。地震学会の初代会長にして明治の三陸大津波に対処した服部一三と、大津波にまつわる故事を掘り起こして、世界に伝えた小泉八雲の事跡を思い起こすことは十分に意味あることであろう。次は、小泉八雲の作品「生き神様」のモデルになった浜口梧陵をとりあげることにする。

米国ニューオーリンズの万国博覧会で服部一三と初めて出会ったハーン。その服部の斡旋によって松江中学に赴任したハーンは小泉セツと結ばれて日本人小泉八雲になった。岩手県知事として三陸大津波に対処した服部一三。この大津波を知って安政大津波の故事を掘り起こし、感動的な物語を書いて「ツナミ」の言葉を世界に伝えたハーン。この二人は運命の糸で結ばれていたとしか思えない。この服部一三も幕末の戦乱を体験したサムライの子であった。

（令和五年二月）

濱口梧陵

『稲むらの火』の濱口梧陵

―幕末の日本にこんな傑物がいた―

『稲むらの火』は戦前の国語教科書にあった文章で、小泉八雲の作品『生き神様』を原作としている。昭和十二年（一九三七年）に刊行された尋常小学校五年生用の国語教科書に採用され、昭和二十一年まで十年間、用いられた。旧字体、旧仮名遣いの文章であるが、まずは、そのまま全文を引用しておこう。

「これは、たゞ事でない。」

とつぶやきながら、五兵衛《ごへゑ》は家から出て來た。今の地震は、別に烈しいといふ程のものではなかつた。しかし、長いゆつたりしたゆれ方と、うなるやうな地鳴りとは、老いた五兵衛に、今まで經驗したことのない無気味なものであつた。

五兵衛は、自分の家の庭から、心配げに下の村を見下した。村では、豊年を祝ふよひ祭の支度に心を取られて、さつきの地震には一向気がつかないもののやうである。

村から海へ移した五兵衛の目は、忽ちそこに吸附けられてしまつた。風とは反對に波が沖へ〳〵と動いて、見る〳〵海岸には、廣い砂原や黒い岩底が現れて來た。

「大変だ。津波《つなみ》がやって來るに違いない。」と、五兵衛は思った。此のままにしておいたら、四百の命が、村もろ共一のみにやられてしまふ。もう一刻も猶豫《いうよ》は出來ない。

「よし。」

と叫んで、家にかけ込んだ五兵衛は、大きな松明《たいまつ》を持つて飛出して來た。そこには、取入れるばかりになってゐるたくさんの稲束が積んである。

「もったいないが、これで村中の命が救へるのだ。」

と、五兵衛は、いきなり其の稲むらの一つに火を移した。風にあふられて、火の手がぱつと上った。一つ又一つ、五兵衛は夢中《むちゆう》で走った。かうして、自分の田のすべての稲むらに火をつけてしまふと、松明を捨てた。まるで失神したやうに、彼はそこに突立つたまま、沖の方を眺めてゐた。

日はすでに没して、あたりがだん〳〵薄暗くなって來た。稲むらの火は天をこがした。山寺では、此の火を見て早鐘《はやがね》をつき出した。

「火事だ。荘屋《しようや》さんの家だ。」と、村の若い者は、急いで山手へかけ出した。續いて、老人も、女も、子供も、若者の後を追ふやうにかけ出した。

高臺から見下ろしてゐる五兵衛の目には、それが蟻《あり》の歩みのやうに、もどかしく思はれた。やつと二十人程の若者が、かけ上って來た。彼等は、すぐ火を消しにかゝらうとする。五兵衛は大聲に言つた。

「うつちやつておけ。——大變だ。村中の人に來てもらふんだ。」

村中の人は、追々集まって來た。五兵衛は、後から後から上つて來る老幼男女を一人々々數へた。集って來た人々は、もえてゐる稲むらと五兵衛の顔とを代る〴〵見くらべた。

其の時、五兵衛は力一ぱいの聲で叫んだ。

「見ろ、やって來たぞ。」

たそがれの薄明かりをすかして、五兵衛の指さす方を一同は見た。遠く海の端に、細い、暗い、一筋の線が見えた。其の線は見る〳〵太くなつた。廣くなつた。非常な速さで押寄せて來た。

「津波だ。」

と、誰かが叫んだ。海水が、絶壁のやうに目の前に迫つたと思ふと、山がのしかゝつて來たやうな重さと、百雷の一時に落ちたやうなとゞろきとを以て、陸にぶつかつた。人々は、我を忘れて後へ飛びのいた。雲のやうに山手へ突進して來た水煙の外は、一時何物も見えなかつた。

人々は、自分等の村の上を荒狂つて通る白い恐しい海を見た。二度三度、村の上を海は進み又退いた。

高臺では、しばらく何の話し聲もなかつた。一同は、波にゑぐり取られてあとかたもなくなつた村をただあきれて見下してゐた。

稲むらの火は、風にあふられて又もえ上り、夕やみに包まれたあたりを明るくした。始めて我にかへつた村人は、此の火によつて救はれたのだと気がつくと、無言のまゝ五兵衛の前にひざまづいてしまつた。

忘れがたい『稲むらの火』

稲むらの火祭り（広川町提供）

戦後間もない時期に、小学校の教室で、この一文を読んだことを懐かしく思い出す。

昭和十年生まれの私は、東京・日本橋の小学校（当時は国民学校であった）に通っていたが、本土空襲の危険が迫った昭和十九年の夏、学童集団疎開の政府命令が出され、私たちも埼玉県内の禅寺に疎開した。

当時九歳、三年生であった私は、それから一年七か月の間、この禅寺で仲間たちとともに暮らし、本堂の廊下に折り畳みの長机をおいて勉強した。終戦の詔勅もこの疎開先で聞いている。衝撃的であったのは、戦後しばらくして、教科書に墨を塗って消したことであった。愛国的な行動を讃える文章など、先生が指示する教科書の文章を次々に真っ黒に消していく作業は忘れがたい思い出である。

昭和二十一年三月、焼け跡に建てたバラックの自宅に戻った私は新学期から五年生。渡された国語の教科書に、この『稲むらの火』があった。幸いに戦災を免れた小学校の教室で、この『稲むらの火』を読んだことは、はっきりと記憶に残っている。教科書の他の文章は何一つ思い出さないのに、なぜか『稲むらの火』を読んだことだけは明るい教室の光景とともに、はっきりと思い浮かぶ。子どもなりに感動したのだろうと思う。

昭和九年、文部省は新しい国語の教科書に載せる教材を公募した。和歌山県湯浅町で小学校の先生をしていた中井常蔵《なかいつねぞう》は、これに応募することを思い立ち、この一篇を書き上げて文部省に送った。中井の文章は、表題を「燃える稲むら」から「稲むらの火」に変えただけでそのまま採用され、昭和十二年から五年生用の国語教科書に掲載されていたのである。私は教科書で『稲むらの火』を読んだ最後の世代になる。

今、読み返してみると、旧仮名遣いや旧字体に馴染みのない世代には読みにくい文章であろうが、子どものころに旧仮名遣いを覚えた私には、さして違和感のない文体である。主人公の五兵衛がゆったりした揺れの地震を感じて沖の海を眺める。引き潮から津波が襲来するまでの緊迫した時間経過。稲むらに火をつける五兵衛の行動と高台をめざす村人たちの動き。暗闇のなかでまた燃え上がる稲むらの火。大津波襲来の緊迫感をゆるみなく表現した名文だと思う。

戦前の地震学者 今村明恒《いまむらつねあき》東京帝大教授は、この『稲むらの火』を防災教育に用いるための手引書を書き、昭和十五年には文部省から全国の学校関係者に配られている。二〇〇四年（平成十六年）、スマトラ島の沖で発生した地震津波はインド洋の沿岸一帯に大きな被害をもたらしたが、翌年、神戸市で開催された世界防災会議で『稲むらの火』が紹介され、各国の防災担当者から注目されたことも記憶に残る。

小泉八雲の『生き神様』と濱口梧陵

明治二十七年十月、熊本五高の教壇を去って神戸に移ったラフカディオ・ハーンは、明治二十九年の二月、妻小泉セツの実家の戸籍に入る形で日本に帰化する手続きを終え、小泉八雲に改名していた。これからは小泉八雲、ときにハーンの名前で話を進めることにする。

神戸時代の小泉八雲は、神戸の在留外国人たちとの交際になじめず、『知られぬ日本の面影』『東の国から』に続く作品集『心』や『仏の畑の落穂』などの執筆に没頭していた。このころの八雲は、欧米にならって急速に近代化を進める日本の姿に幻滅を感じ、半ば愛想を尽かしていた。欧米の近代文明が内包する病弊を強く意識していたからであろう。それだけに、古い時代の日本が培ってきた文化と日本人の心に対する愛着は大きくなっていた。

明治二十九年六月十五日、三陸地方の沿岸に大津波が襲来し、死者二万人を超える惨害をもたらした。当時、岩手県の知事をしていた服部一三が、被災者の救援と災害復旧に苦闘したことは前章の「運命の出会い　服部一三」で紹介した。新聞記者の経験がある小泉八雲は旧知の服部一三が岩手県の知事として苦闘していることも知っていたのではないか。

この大津波から三か月たった明治二十九年九月、小泉八雲は東京帝国大学から招聘され、英文学の講師に就任した。上京後、おそらく東京や横浜の知人から教えられたのであろう。古来、日本列島はたびたび大津波に襲われ、さまざまな出来事が語り伝えられていることを知って、小泉八雲は、大津波を題材にした作品『生き神様』（A

Living God）を執筆した。（注）

この作品では、まず、日本人が敬う神さまは欧米人の神（ゴッド）の観念と異なるものであることを述べ、日本では、なにか格別に偉大なこと、立派なこと、賢明なこと、勇敢なことをなしとげた人が、死後、神さまとして祀られてきただけでなく、生きながら神さまとして祀られることがあると説明している。

（注）富山大学付属図書館の「へるん文庫」は、小泉八雲の蔵書や執筆資料などを収蔵している。このへるん文庫に、ハーンが「生き神様」の執筆に際して参考にしたと思われる英文リーフレットが収蔵されていたことが、二〇一一年、ハーン研究者の中川智視氏によって発見された。The Great Disaster in Japan, June15th, 1896（日本の大災害・一八九六年六月十五日）というタイトルのリーフレットで、過去に日本で起きた地震と津波、安政南海地震の被害状況をはじめ、横浜の英字新聞（ジャパン・ガゼット紙）の記者が三陸大津波の被災地を見た報告などをまとめている。小泉八雲は東京に着任したあと、横浜在住の知人らと親しく交流しており、友人を通じて、この資料を手にしたのではないかと考えられる。

次に、日本の村々では、古くから守られてきた慣習や掟によって、村の秩序を破る行動は許されず、天災や危急の事態が起こった場合には、村の誰もが駆けつけて助け合うことが守られてきたことを説明している。このような日本人の信仰や村の慣習を例示するものとして、八雲は幕末の和歌山県を襲った津波の実話をとりあげ、稲むらに火をつけて村人を救った老人の物語を書いたのである。

この老人、濱口五兵衛の物語は安政元年(一八五四年)十一月五日、土佐沖を震源とする巨大な地震津波が西日本の太平洋岸を襲ったときの故事をもとに書かれた。主人公のモデルは紀伊国広村(現在の和歌山県広川町)の豪商 濱口儀兵衛(号は梧陵《ごりょう》)とされる。物語のあらすじは、これを翻案した『稲むらの火』とほぼ同じなので省略するが、物語と実話が少し違っている点だけ記しておこう。

第一に、五兵衛という物語の主人公は村の庄屋を務める老人であるが、実話の主人公は村に住む豪商の濱口儀兵衛で、津波が襲来したときは三十五歳の壮年であった。

第二に、物語では五兵衛の屋敷は高台に設定されているが、実話の儀兵衛は海辺に近い屋敷に暮らしていた。主人公の年齢や屋敷の設定が違うのは、おそらく津波が襲来するまでの切迫感を盛り上げるために、八雲が行った創作上の工夫である。

第三に、物語の地震はゆったりした揺れ方で、人々は地震に気づかなかったとされているが、儀兵衛が残した手記には「大震動あり。…瓦飛び、壁崩れ、塀倒れ、塵烟空を蓋う」と記されている。八雲がこの作品を書くきっかけになった明治の三陸地震がゆったりした揺れ方であり、それによって津波の被害が大きくなったことを世界に伝えるためのものであろう。

第四に、物語では、五兵衛を生き神様と敬った村人たちが「濱口大明神」の社を建てたという結末になっているが、実話の濱口儀兵衛は村人の計画を知って、「いささかの名聞も願う気持ちはない」と村人たちを叱りつけ、社を建てる計画は立ち消えになっている。日本人の信仰を説明しようとする八雲の創作であろうが、村人たちが儀兵衛を生き神様のように崇めていたことは事実である。

五兵衛の物語の導入部は「ツナミ」の説明ではじまっている。平井呈一訳『明治文学全集48・小泉八雲集』(筑摩書房)から引用しておこう。原文では、「ツナミ」は「TSUNAMI」と書かれている。

日本の国の海岸地帯は、遠く有史以前から、数百年の不規則な期間をおいては、しばしば大きな海嘯《かいしょう》の来襲にあってきている。それは地震や海底火山の活動によっておこる海嘯であるが、この恐るべき海水の急激な隆起を、日本のことばでは「ツナミ」といっている。近年起ったツナミは一八九六年の六月十七日の夜におこった。このときは、全長二百マイルにおよぶ高潮が、東北地方の宮城・岩手・青森の諸県を襲って、数百の町村を破壊し、ところによっては一村全滅したところもあり、約三万の人命をうしなった。これから語る濱口五兵衛のはなしは、明治を去ること ほど遠い昔に、日本のべつの海岸地方に、やはりツナミの災害がおこったときの話である。（筆者注　津波の襲来は六月十五日。原作の誤り）

『生き神様』は明治二十九年十二月、アメリカの雑誌『大西洋評論』に発表され、翌年、出版された作品集『仏の畑の落穂』(Gleanings in Buddha-Fields) に収められた。この作品が広く世界で読まれたことによって、「TSUNAMI」という言葉が全世界の共通語になったこともハーンの功績の一つである。

ともあれ、大津波から村人を救った濱口五兵衛の献身的な物語は世界の人々に感銘を与えた。村人たちの命を救うために貴重な稲むらに火をつけた五兵衛。火事と思い消火のために高台に駆け上がる村人たち。そこには、助け合い支えあう村人たちの心が描かれている。小泉八雲はこのような「日本人の心」を世界に伝えるために、この作品を創作したといってよい。

海外渡航を志した濱口梧陵

『生き神様』のモデルになった濱口梧陵は、文政三年六月十五日（一八二〇年七月二四日）、紀伊国有田郡広村に生まれた。広村は和歌山県の西側、紀伊水道に面した湾の奥にある村で、現在は和歌山県有田郡広川町となっている。北に隣接する湯浅町は醤油醸造の発祥の地で、ここには江戸時代からの醤油製造の街並みが残っている。

広村の濱口家は戦国時代から続く豪族の家で、江戸時代の前期に下総国銚子（今の千葉県銚子市）に店を設け、紀州・湯浅の醸造法によって、醤油づくりをはじめた。この醤油は江戸市中で好評を博して成功し、発展して現在の「ヤマサ醤油」となっている。濱口家の代々の当主は儀兵衛《ぎへい》を名乗り、濱口梧陵はその七代目である。梧陵は雅号で、通称は儀太郎、諱《いみな》は成則《しげのり》であるが、雅号の方が知られているので、この原稿では少年時代から濱口梧陵で通すことにしよう。

濱口梧陵は分家の生まれであるが、十二歳のとき、本家の養嗣子となり、広村から銚子の店に移って醤油づくりの修業をした。家憲にしたがって、丁稚奉公の少年たちと同じ生活をしていたという。記憶力抜群の少年で、十五歳で元服したころから、漢籍に親しみ、詩作も学んでいた。濱口家には、梧陵二十四歳のときに作った漢詩十首が残されている。

梧陵は漢学に取り組むかたわら、銚子の剣客 志田鉄之丞の道場に入門して、撃剣や柔術の稽古に励んだ。武士の家柄ではないが、紀州の豪族として文武両道を極めようと心がけていたものと思われる。武術の稽古では、鎗術がもっとも好きであったようで、後年の梧陵には、庭に積んだ米俵を愛用の槍で空中に投げ上げたという逸話が残っている。

天保十二年（一八四一年）、濱口梧陵が二十二歳のときに、蘭方医の三宅艮斎《みやけごんさい》が銚子に来て開業した。三宅艮斎は長崎に留学して西洋事情にも詳しい蘭方医で、青年時代の梧陵に大きな影響を与えている。梧陵にとって、終生の師であり友であった三宅艮斎その人の来歴を記しておこう。

三宅艮斎は文化十四年（一八一七年）、肥前島原（今の長崎県島原市）で漢方医の家に生まれた。梧陵より三歳年上である。西洋医学が優れていることを知って天保元年（一八三〇年）、十三歳のときに長崎に移り、シーボルトから西洋の医学を学んだ楢林栄建《ならばやしえいけん》について蘭方の医学を修めた。楢林は長崎のオランダ通詞の家柄で、医学だけではなく、欧米の事情にも通じていた。

三宅艮斎は天保九年（一八三八年）まで八年間、長崎に滞在し、医学だけでなく西洋事情の探求にも努めていた。その間、蘭学の最新知識を求めて留学した人々と交わっている。最も親交があったのは、蘭方の医学を学ぶため江戸から来た佐藤泰然《たいぜん》と林洞《どう》海《かい》の二人である。

佐藤泰然は下総の佐倉藩主　堀田正睦《ほったまさむつ》の知遇を得て佐倉藩医となり、佐倉順天堂、のちの順天堂大学の礎を固めた人物である。林洞海はのちに江戸幕府の奥医師になり、お玉が池種痘所の開設に尽力している。林洞海は佐藤泰然の長女と結婚し、多くの子女をもうけたが、この一族には日本の近代史に名をとどめる人が多い。興味深い一族であるが、深入りは避けて、三宅艮斎に戻ることにしよう。

三宅艮斎は天保九年、長崎での留学を打ち切り、佐藤泰然、林洞海とともに江戸に出た。泰然と洞海の二人は江戸・両国橋の西のたもとにある薬研堀《やげんぼり》で蘭方医を開業したが、若い三宅艮斎は蘭方医として活躍する場に恵まれなかった。不遇をかこっていた艮斎は江戸での開業をあきらめ、銚子に移って開業することを決意した。どのような経緯があって、銚子に移ったのか、わからない。

幕末に発行された江戸市中の明細絵図（住居地図）を見ると、薬研堀の近くに林洞海の名前があり、その隣に和田という名前を見つけることができる。佐藤泰然は当時母方の和田姓を名乗っていたので、婿養子である林洞海と一緒に暮らしていたことがわかる。

この周辺には、半井策庵《なからいさくあん》と多紀楽真院《たきらくしんいん》という漢方医の大家とともに、蘭方医の坪井《つぼい》信道《しんどう》や杉田玄丹《すぎたげんたん》の名前を見ることができる。江戸幕府に仕える奥医師は半井家、多紀家などの漢方医が主流であったが、漢方医たちは幕府の奥医師から蘭方医を排除するよう画策していた。三宅艮斎が江戸を去った翌年、天保十三年には「外科を除き、幕府内の蘭方医療を禁制とする」布達が出されている。

この時代は、清国とイギリスの間でアヘン戦争（一八四〇年）がはじまるなど、国際情勢は緊迫していた。日本国内では、浦賀港に入国したアメリカ船を浦賀奉行が砲撃したモリソン号事件（一八三七年）に続いて、蕃社の獄で渡辺崋山や高野長英が処罰される（一八三九年）など、排外的な動きが高まっていた。また、天保の飢饉をきっかけに、大塩平八郎の乱（一八三七年）が起こるなど、幕藩体制が揺らぐなかで、老中水野忠邦による天保の改革（一八四一年）がはじまっていた。

このような時代背景のなかで、濱口梧陵と三宅艮斎の交友がはじまった。梧陵は辺鄙な銚子の地に艮斎が来てくれたことを悦び、おそらく、資金面の支援をしたものと思われる。梧陵二十二歳、艮斎二十五歳。二人の青年は医療の問題を超えて、国際情勢や西洋の科学技術を語り合う友人になっていった。向学心に富む梧陵にとって、艮斎から聞く西洋の科学技術は驚きであった。また、東洋進出を進める欧米列強の動向は、梧陵の危機意識を駆り立てた。

三年後、三宅艮斎が佐倉藩の藩医になり、銚子から佐倉に移った後も、梧陵は江戸に上る旅の都度、佐倉を訪れて艮斎との親交を重ねている。艮斎が佐倉藩医になったのは長崎以来の先輩である佐藤泰然の推挙によるもので、濱口梧陵は佐藤泰然とその一門の人々とも交わるようになった。後で取り上げるが、佐藤泰然の門下である蘭方医の関寛斎《せきかんさい》を銚子に招いて、種痘を行っている。

異国船の脅威を悟った濱口梧陵は、嘉永三年、郷里の先輩である漢学者 菊池海荘《きくちかいそう》の紹介によって、佐久間象山《さくましょうざん》の門に出入りするようになった。三十歳のころである。信州松代藩の藩士である佐久間象山は、西洋の百科事典を独力で読みこなし、西洋兵学に基づく大砲の製造に成功していた。大砲の大家として、江戸で諸藩の藩士たちに砲術の教授を行っていた象山は、教えを受けたいという梧陵の望みに対して「いつでも来なさい」と迎え入れている。

このころの武士階級は、永い太平の世に慣れて質実剛健の気風を失っていた。これを知っていた濱口梧陵は、異国船が襲来したときは一般の農民も武器をとって戦わなければならないと考えるようになった。そこで、郷里の紀州広村に「崇義團《すうぎだん》」という組織を作り、集まってきた青年たちに国際情勢を説いて有事の際の覚悟を求めている。梧陵は象山から小銃を購入し、これを広村に持ち帰っている。

しかし、梧陵は偏狭な攘夷主義者ではなかった。嘉永六年（一八五三年）のペリー来航と幕府の狼狽ぶりを目撃して、開国論に転向している。幕府の外国方に勤めていた幕臣、田辺太一《たなべやすかず》（号は蓮舟《れんしゅう》）の談話によると、ペリー艦隊の来航で浦賀に出かけた田辺は、江戸に帰った直後、旧知の三宅艮斎に誘われて、日本橋芳町にあった梧陵の家を訪れたという。このとき、田辺はペリー艦隊の話をしたと述べている。

この田辺談話によると、田辺はその後もたびたび梧陵に会って政治論や外交論を聞いたという。梧陵の議論は「遠方より来て交際を求める者があれば、妨げなき限り交際するのが普通の礼ではないか。みだりにこれを拒絶するのは物陰から吠える臆病な犬に似た卑劣な態度だ」というものであったという。田辺蓮舟は濱口梧陵が当時の老中小笠原壱岐守に会見して、開国論を披露した逸話を次のように伝えている。

あるとき、若手の役人十数名が小笠原壱岐守に呼ばれてご馳走になった。その席上、異国船の話になって、私が鎖国攘夷の論は時代遅れだと言ったところ、小笠原候は大いに賛成された。そこで、この意見は友人の濱口梧陵から聞いた開国論の受け売りだというと、小笠原候は「そりゃ面白い男だ。一度会ってみたい」といわれたので、梧陵さんを連れて小笠原邸に伺ったことがある。それ以降、梧陵さんは時々、小笠原候に召されて意見を述べたようである。

この小笠原壱岐守は肥前唐津藩の小笠原長行《ながみち》で、文久二年（一八五七年）、藩主の世継ぎという身分ながら老中になり、薩摩藩兵がイギリス人を斬った生麦事件に際しては事態を早急に収めるため、幕府に無断で賠償金十万ポンドをイギリスに支払う決断をしている。慶応元年（一八六五年）、再び老中となり、第二次長州戦争では、小倉口の幕府軍総督として長州藩と戦っている。

家康以来の譜代大名として徳川家に忠節を尽くすため、戊辰戦争では榎本武揚《えのもとたけあき》の軍艦開陽丸に乗船して函館戦争に加わった経歴もある。唐津藩は長崎警護の役目を担っていたため、長崎をたびたび視察して欧米の実力を知っていた。それだけに幕閣では開国論を貫き、「外国との交易はお国のためになり、天下万民を利する」と主張していたという。

この異色の大名が、一介の商人である濱口梧陵からたびたび意見を聞いていたというのも面白い話であるが、小笠原老中の開国論に梧陵の意見が反映されていたと考えると、歴史の裏側には、隠れた人間関係があるものだと思えてくる。

ペリー来航以来の動きのなかで、濱口梧陵は日本の科学技術、とりわけ艦船の製造や航海術が欧米諸国に著しく遅れていることを痛感し、自ら欧米諸国の事情を視察したいと考えるようになった。佐久間象山の門に出入りしていた梧陵であるから象山の開国論に影響されていたのかもしれない。梧陵は幕臣の田辺蓮舟に海外渡航の計画を打ち明け、幕府の許可をもらえるように頼んでいた。

しかし、吉田松陰がペリー艦隊による海外密航を図り、その師である佐久間象山とともに処罰された時代である。海外渡航を禁じた鎖国令があるなかで、梧陵の計画が許されるはずはない。田辺は「金があるあなただから密航したらどうか」と勧めたが、梧陵は「密航では、帰国しても堂々と話すことはできない」といって密航を承知しなかったという。

海外渡航を志した濱口梧陵の計画は、結局、断念せざるを得なかった。しかし、その夢は梧陵が多年にわたって支援した勝海舟によって実現することになる。

濱口梧陵はいかに生きたか

濱口梧陵の生き方を鮮やかに物語る四つのことを記しておこう。

第一は青年時代の勝麟太郎（海舟は雅号）を見出して親交を結び、貧しかった勝麟太郎の洋学研究を支えたことである。第二は安政元年の南海大津波に際して、自らの稲むらに火をつけて村民を救うとともに、災害の復旧事業として私材を投じ、海岸に巨大な津波の防波堤を築いたことである。

第三は火事で焼失したお玉が池種痘所の再建に巨額の資金援助を行い、日本の西洋医学研究に大きく貢献したことである。第四は安政五年にコレラが流行したとき、銚子の人々のために費用一切を負担してコレラの防疫事業を行ったことである。いずれも豪商ならではの資金力がなければできないことであるが、梧陵が「済世安民《さいせいあんみん》」の志に生きていたことを示している。

濱口梧陵と勝麟太郎の出会いは嘉永三年ごろという。梧陵が佐久間象山の門に出入りし、かたや勝麟太郎が私塾を開いて兵学の講義をはじめたころである。梧陵は三十一歳、麟太郎は二十八歳。二人の出会いは函館の豪商渋田利右衛門《しぶたりえもん》の紹介によるものであった。

渋田は学問好きな読書家で、函館から江戸に出るたびに、洋書や珍しい機械などを購入して函館に持ち帰っていた。渋田が立ち寄っていた日本橋の書店には、いつも店頭で洋書などを立ち読みしている青年武士がいた。二十代になったばかりの勝麟太郎である。

このころの勝麟太郎は西洋兵学とその基礎になる蘭学に関心を持ち、蘭書の習読をはじめていた。しかし、幕府の旗本で四十一石の家禄があるといっても、所属する小普請組は無役であり、すこぶる貧しい暮らしをしていた。そこで麟太郎は、書店の立ち読みで読書欲を満たしていたのであるが、書店の店主から事情を聞いた渋田は、麟太郎に進んで交際を求め、書物の購入資金をたびたび渡していた。

濱口梧陵は、豪商仲間の渋田から紹介されて勝麟太郎と知り合い、その洋学研究を支えるようになったのである。このころの梧陵は、西洋列強の動向に危機感をもち、佐久間象山の門に出入りをはじめていた。年下の麟太郎に親しみを感じ、その人物、識見を知って、麟太郎が洋書を購入する資金を援助している。麟太郎に未来を託す気持ちになったと思われる。濱口家には、麟太郎のこんな書簡が残されている。現代文に抄訳してみよう。

昨夜書かれたお手紙が到着しました。…申し上げた洋書の件、ご配慮くださり、大いに力を得ました。実は無縁のことと諦めていました。この者は私の剣法の弟子にて確かな者ですので、金子をお渡しくださるようお願い申し上げます。…ご厚情をもって必要な書を入手できました。委細は拝顔のうえお話申し上げますので、ご来臨をお待ちします。

このようにして濱口梧陵と勝海舟は、胸襟を開いて語り合う親密な友人になった。梧陵にとって、威風堂々たる謹厳な佐久間象山より、年下でざっくばらんな勝麟太郎の方が親しみ易かったのであろう。麟太郎が幕府の海軍を創設し、勝海舟と名乗るようになっても二人の親密な交友は続いた。梧陵の死後、和歌山県広町に建てられた濱口梧陵の記念碑には、勝海舟がつづった長文の撰文が残されている。

濱口梧陵は青年時代の勝海舟を見出し、その洋学研究を資金面で支えることによって、日本の歴史の転換に貢献したといえるだろう。

安政元年の南海大津波に際して、濱口梧陵が稲村に火をつけて村人を救ったことは、小泉八雲の文章によって世界に伝えられた。しかし、大津波のあと、津波から村を守る大防波堤を築造したことはあまり知られていない。この防波堤築造の概要を記しておこう。

広村が大津波に襲われたあと、家を失った村民は他村の親戚を頼って村を離れ、残った村民は荒れ果てた田畑を前に、生活の不安におののいていた。これをみた梧陵は罹災《りさい》した村民の救済に乗り出した。

まず、家を失った村民のために、一年間に五十軒の住宅を建て、極貧の村人には無料で住まわせる一方、多少の資力がある者には十年の年賦で貸し与えた。また、鍛冶屋に注文して農具を作らせ、農民に配るとともに、困窮した商人には資金を貸し与えて自立を図らせた。東北大震災の後、政府や各県が行ったような災害救済事業を、濱口家の私財を投じて進めたのである。

最大の災害救済事業は、大津波の襲来に備えた巨大な防波堤を築造することであった。梧陵は、広村にたびたび大津波が襲来し、大きな被害が出ていたことを知っていた。このため、梧陵は海岸に沿って海面からの高さ二間半（四・五メートル）、基底の幅十一間（二十メートル）、長さ五百間（九百メートル）の巨大な防波堤を築造することを計画した。紀州藩にこの事業の許可を求める上申書のなかで、梧陵は「右工費は恐れながら私、如何様にも勘弁仕り」と記し、「追々村益に相成るものと愚考して」伺いを出したと述べている。

この事業を計画した狙いは、被災者が築堤の工事に従事することによって、日々の収入を得ることができるようにし、村民の離散を防ぐことにあった。大津波の翌年、安政二年春にはじまった築堤工事には、毎日、四～五百人の被災者が集まり、嬉々としてモッコを運んだと伝えられる。仕事が終わると、その日の日当が与えられたからである。

津波防止の堤防（広川町提供）

濱口家の支出は千五百余両、今の金額で五億円であったという。

築堤工事は四年後の安政五年に規模を縮小して完了したが、長さ六百メートル余りの長大な防波堤は百六十余年後の今も残っていて、日本遺産に指定されている。昭和二十一年に発生した昭和南海地震によって、広村に津波が押し寄せたが、この堤防によって被害は僅少にとどめることができたという。

濱口梧陵はこの防波堤について、「住民百世の安堵を図る」という言葉を残している。防波堤は完成から九十年後に、まさにその使命を果たしたのである。


次に幕末の濱口梧陵が種痘の普及やコレラの防疫に多額の資金援助を行い、日本の近代医学の発展に隠れた貢献をしていたことを記しておこう。

天然痘の予防と治療を目的とした種痘所は、嘉永二年（一八四九年）、オランダ商館の医師によって長崎に初めて開設された。その後、佐賀、京都、大阪、福井などの各地に種痘所が開設されたが、漢方医の勢力が強かった江戸では種痘所の開設が遅れていた。

江戸に種痘所が開設されたのは安政五年（一八五八年）五月七日のことである。蘭方医の伊東玄朴《いとうげんぼく》や戸塚静海《とつかせいかい》らは、幕閣の開明派であった勘定奉行の川路聖謨《かわじとしあきら》を通じて、種痘所の開設を幕府に働きかけていたが、佐倉藩主の老中 堀田正睦《ほったまさむつ》の許可がおりて実現したものである。堀田は蘭癖《らんへき》大名ともよばれた開明派であった。

江戸の種痘所は伊東、戸塚をはじめ箕作阮甫《みつくりげんぽ》、林洞海、三宅艮斎ら八十三人の蘭方医が資金を出し合い、神田・お玉が池にあった川路聖謨の屋敷のなかに開設された。現在の東京都千代田区岩本町２丁目を通る水天宮通りには、「お玉が池種痘所」の旧蹟を記した石碑が置かれている。

この種痘所は半年後に発生した火災によって類焼してしまったが、伊東玄朴らの家宅を仮の施設として種痘は継続され、翌年、別の場所（下谷和泉橋通り）に再建された。この再建にあたって、濱口梧陵は三宅艮斎や林洞海から資金難の窮状を聞き、種痘所の新築費として三百両を寄付している。

再建された種痘所には、西洋医学を学ぼうとする医学生が集まってきたが、必要な図書や外科などの医療機器を整える資金がない。三宅艮斎の相談を受けた濱口梧陵は直ちに資金援助を引き受け、四百両を拠出している。こうして研究体制を整えた種痘所は文久元年に「西洋医学所」と改称し、近代日本の医学研究センターに発展した。明治時代の初めに行われた学制改革によって、明治十年には東京開成学校と合併し、東京大学医学部になっている。

江戸時代の一両がどのくらいの価値をもつのか。日本銀行貨幣博物館の資料によると、米価に換算して六万円、大工の手間賃に換算して三十五万円に相当するという。

濱口梧陵が拠出した七百両は二億五千万円に相当することになる。旧友の窮状を知って、これだけの大金を即座に提供した梧陵の胆の太さに感嘆せざるを得ない。

安政五年は日本でもコレラの流行がはじまった。コレラはインドやバングラデシュの地方病であったが、十九世紀になると、全世界に広がるようになり、二十世紀の初めにかけて六回の世界的大流行があった。植民地の拡大を目指す欧米列強の進出にともなって、人とモノの移動が活発になり、コレラの病原菌も世界規模に広がった結果である。

第一回の世界的流行（一八二〇年前後）のときは、西日本でコレラ患者が出たが、東日本には広がらなかった。しかし、第三回の世界的流行のときには、安政五年（一八五八年）から三年にわたって全国を席巻し、各地で多数の犠牲者が出た。寺院の過去帳を調べた研究によると、「安政コレラ」の犠牲者は江戸だけで十二万人におよんだといわれる。

この「安政コレラ」のとき、濱口梧陵は津波災害の復興事業を終えて、紀州から江戸に出ていた。銚子にもコレラの流行が広がることを憂慮した梧陵は、銚子で開業していた蘭方医の関寛斎《せきかんさい》に書状を送り、江戸に出てコレラの予防と治療法を研究するように促した。この書状で「一切の費用は濱口家で負担する」と述べている。

急遽、江戸に出た関寛斎はこのとき二十六歳。蘭方医の大先輩である林洞海と三宅艮斎のもとで、コレラの治療や予防の方法を学び、いろいろな薬品を用意して銚子に戻った。銚子にも患者が出ていたが、関寛斎は持ち帰った薬を使用して患者の治療にあたり、大流行を防ぐことができた。

コレラ菌がロベルト・コッホによって発見される前のことで、流行の原因はまだ解明されていなかったが、この病気が外来のものであり、防疫には手洗いの励行などが有効であることは知られていた。関寛斎は銚子の人々に清潔に暮らすように勧め、大流行の防止に成功したという。

関寛斎にコレラの防疫法を学ばせることによって、濱口梧陵は銚子の人々をコレラから守ったことになる。三宅艮斎と早くから親交を結び、西洋の医療事情にも関心をもっていたからこそ、急遽、関寛斎を呼び寄せるという判断を下したのであろう。銚子の人々の暮らしを安らかにする、つまり「済世安民の思いが現れた」ということができるかもしれない。

関寛斎はこのあと、濱口梧陵の援助によって長崎に遊学し、オランダ人の医師、ポンペ・フォン・メーデルフォルトのもとで最新の医学を学んだ。寛斎はその後、銚子を去って徳島藩の藩医となり、戊辰戦争のときには官軍の奥州出張病院の長として、敵味方の別なく治療にあたっている。波乱万丈の人生を送った人物であるが、その生涯は司馬遼太郎の『胡蝶の夢』や高田郁の『あい　永遠にあり』などの作品に描かれている。ご一読をお勧めしたい。

「生き神様」に感動した英国婦人の逸話

このような濱口梧陵の前半生は、明治時代のジャーナリスト　杉村楚人冠《すぎむらそじんかん》の『濱口梧陵伝』にしたがって記してきた。和歌山県に生まれた杉村は朝日新聞社の記者として健筆をふるった人物であるが、郷里の大先輩である濱口梧陵の生涯を敬愛の念を込めて描いている。梧陵の後半生を駆け足でたどっておこう。

嘉永年間から安政年間にかけての濱口梧陵は三十代。私財をなげうってさまざまな社会事業に取り組んでいた。しかし、文久年間から慶応年間にかけて、四十代の梧陵がどのように生きていたか、伝記にも記されていない。おそらく、故郷の紀州広村にこもって、幕末動乱の時代を見守っていたのであろう。

慶応三年の暮れ、最後の将軍徳川慶喜《よしのぶ》が大政を奉還し、新しい時代がはじまった。明治新政府にとって最大の難問は財源の調達であったが、協力を求められた紀州藩も藩士の俸禄を含む藩政の改革が大きな課題であった。これに取り組むには、経済に明るい有能な人物が欠かせない。慶応四年正月、濱口梧陵は紀州藩の勘定奉行を命じられた。身分にかかわらず有能な人物を抜擢しようという人事であった。

翌明治二年、五十歳の濱口梧陵は紀州藩の参政となり、次いで藩校学習館の知事を命じられた。学習館は藩士の子弟にもっぱら漢学を教えていたが、濱口梧陵は士風の改善を図るために、まず学則五箇条を定めた。学則の冒頭は学問の根本方針を掲げたもので、「学問の要は安民にあり。安民の本は修身にあり」とし、続いて「五倫を明にし、道芸を学び、大雅の風を存すべし」と述べている。

民を安らかにする「安民」は、濱口梧陵の生涯を貫く信念で、津波の防波堤を築造したのも、種痘所の再建やコレラの防疫を援助したのも、すべて、世を救い、民を安らかにする「済世安民」の信条に基づく行動であった。梧陵は若いときから江戸中期の儒学者、荻生徂徠《おぎゅうそらい》に傾倒していたが、徂徠の思想の中核は「安天下《あんてんか》」、つまり天下を安んじる治国の道を求めるものであったから、徂徠が説く「安天下」の思想を実践したともいえるだろう。

学習館知事時代の濱口梧陵は藩校の改革とともに、西洋の学問を学ぶための英語学校を設立することを計画した。福沢諭吉の助言を得ながら設立された私立の共立学舎は一年ほどの短命であったが、教育の充実こそ天下を安んじる大道と考えていた梧陵らしい計画であった。

『濱口梧陵伝』の年譜によると、その後の梧陵は和歌山藩の権大参事を経て、新政府に登用され、明治四年、駅逓頭《えきていのかみ》に任命された。駅逓頭はのちの逓信大臣にあたる役職であるが、梧陵はわずか三週間で、この職を辞し、和歌山県大参事に任命された。後任の駅逓頭は郵便制度を創始した前島密である。このころは廃藩置県が断行されるなど、明治維新の真ただ中にあった。五十代の濱口梧陵は故郷和歌山県の県政に取り組み、明治十三年、県議会の開設とともに、最初の県議会議長に就任した。

明治十七年、老境に入った梧陵は若いときからの宿願であった海外視察の旅に出た。客船で横浜を出港し、サンフランシスコからアメリカ大陸を横断した梧陵は、明治十八年四月二十一日、旅先のニューヨークで客死した。六十六歳、病気は腸ガンであった。その生涯は、天下、すなわち公のために献身したサムライ精神に生きたものであったといえるであろう。

最後に、ハーンの「生き神様」(A Living God)を読んで感動したイギリスの一婦人が梧陵の子息、濱口擔《たん》の講演を聞いたときの逸話を紹介しておこう。この逸話は杉村楚人冠の『濱口梧陵伝』が伝えるものである。

濱口擔は梧陵の末子として明治五年に生まれた。濱口擔は早稲田大学を卒業してイギリスに渡り、ケンブリッジ大学で長く学んでいる。ある日、ロンドンの日本協会で紫式部や細川ガラシアといった歴史上の「日本の女性」について、講演をしたときのことである。

一通り、質疑応答があったあと、講演会場にいた一人のイギリス婦人が手を挙げ、「講演をしていただいたハマグチさんはハーンの『生き神様』に描かれた濱口五兵衛と何らかの関係があるのでしょうか」と尋ねたという。この質問をした婦人　ステラ・ラ・ロレツ嬢は、ハーンの『仏陀の畑の落穂拾い』を読んで「生き神様」に描かれた濱口五兵衛の行動に感動し、「身をもって大津波から村民の命を救った五兵衛の名を忘れることはなかった」と慎ましやかに語ったという。

濱口擔は異国の地で突然、亡父の事績が話されことに感極まり、しばらく言葉が出なかった。濱口擔から事情を聞いた司会者が「講演者のハマグチさんはまさしく五兵衛さんの実子です」と答えたとき、会場は驚きの歓声に沸き返り、奇遇を讃える拍手が鳴りやまなかったと伝記は伝えている。

この講演が行われたのは明治三十六年（一九〇三年）五月十三日。日英同盟締結の翌年であり、日露戦争の前年であった。小泉八雲、ラフカディオ・ハーンのペンは濱口梧陵という日本人の心を描くことによって、イギリスに多くの日本ファンを生み出していたのであった。幕末の日本にこんな傑物がいたことは歴史を知る楽しみの一つである。

（令和四年六月）

若き日の雨森信成

「ある保守主義者」　雨森信成
―明治のサムライが語った魂の遍歴―

ラフカディオ・ハーンの来日第三作『心』は、明治二十九年（一八九六年）三月、ボストンとロンドンの二つの出版社から同時に発行された。この一か月前、日本への帰化手続きが終わって、ハーンは小泉八雲と改名している。すでに東京帝国大学文科大学の外山正一《とやままさかず》学長から英文学講師として招聘する意思が伝えられており、四十六歳の小泉八雲は新しい人生に歩み出そうとしていた。

『心』（*Kokoro*）の表題には、英文で「日本の内面生活の暗示と影響」（*Hints and Echoes of Japanese Inner Life*）という副題が添えられている。この副題が示すように、『心』に収められた十五篇の作品は、いずれも日本人の内面生活を扱ったもので、日本の民衆に染みわたっている自然への尊崇の念をはじめ、人間としての正義の観念や仏教的な死生観などが描かれている。

「ある保守主義者」は『心』の第十章に収められた作品で、幕末に武士の子として生まれた青年が、明治の新時代になって経験した思想的遍歴を描いている。その魂の遍歴は、サムライの厳しい躾《しつけ》を身につけた青年が、西洋文明に触れていったんはキリスト教徒になりながら、のちに西洋文明の実態に失望して、海外放浪の旅から帰国するというもので、ハーンの親しい友人であった雨森信成《あめのもりのぶしげ》がモデルとされている。

この本が出版された時点で小泉八雲と改名していたハーンは、『心』を雨森信成に献呈し、「詩人にして学者、そして愛国者なる我が友、雨森信成へ」という献辞を捧げている。前作の『東の国から』は松江での心の友 西田千太郎に献呈されているが、ハーンの研究者や熱心な読者は別にして、『心』を献呈された雨森信成がいかなる人物か、これを知る人は決して多くないと思う。

明治日本の知識人には、サムライ精神を身につけて育ち、やがて外国人宣教師に感化されてキリスト教徒になった人が少なくない。キリスト教の世界で、横浜バンド、熊本バンド、札幌バンドの名で知られている人々である。その一方で、西洋文明と東洋思想のはざまで苦闘した人も少なくない。こうした明治の知識人として、島崎藤村や徳富蘇峰、あるいは夏目漱石の名前をあげることもできるだろう。

このような明治日本の精神状況を考える一つの素材として、雨森信成の生涯、小泉八雲との関係などをとりあげてみよう。まずは、岩波文庫の『心』（平井呈一訳）にしたがって「ある保守主義者」のあらすじを書くことにする。

ハーンの「ある保守主義者」から

かれは、内地のある都会に生まれた。そこは三十万石の大名の城下で、かつて外国人などのきたことのない土地だった。高禄の士分だった父の屋敷は、領主の居城をめぐらす外濠のうちにあった。屋敷はずいぶん広く、その広い屋敷のうしろとまわりには、風致のある庭があり、庭の片すみには、いくさ神をまつった小さなほこらがあった。いまから四十年ほど前には、こういう屋敷がたくさんあったものである。

これは「ある保守主義者」の第一節冒頭の文章である。ハーンは主人公の名前を伏せているが、「かれ」は自分の生い立ちをハーンに語った雨森信成である。この文章に続いて、サムライの子弟に施された躾《しつけ》がどのようなものであったか、主人公の幼少期の様子が記されている。

むかしは、侍の子息といえば、じつに厳格なしつけを受けたものであった。わたしが、これからここに書こうとしている人物も、そうした侍の子息のひとりであるが、かれなども、年若いころには、若者にありがちな空想にふける時間の暇など、まったくなかったものである。父母の撫育をうける期間なども、かわいそうなくらい、短いものであった。…家のなかで、母の側にいられるあいだは、思うさま母に甘えかかってもいられるけれども、その母につれられて、おもてをいっしょに歩いているところでも見つけられたら最後、「おのし、まだ乳をのんでいるのか」といって、小さな遊び朋輩から、たちまちからかわれてしまう。…すべて惰弱な遊戯娯楽は、訓育上、厳禁されている。病みわずらいの時はべつとして、ふだんは、暖衣飽食は断じて許されない。ひとりまえに口がきけだすころから、早くも、忠順恭敬を生存の指針とこころえ、克己をおのれが振舞の第一義とさだめ、艱苦と死とは、一身にとって鵞毛《がもう》よりもなお軽いものと考えるように、しこまれるのである。

サムライの魂は、こうした幼少期の躾によって生まれたのであった。「かれ」が少年のころに経験した胆試しも語られている。それは、真夜中にひとりで刑場に行って生首を持ち帰るものであったが、肝試しは何者をも怖れぬサムライの心を養うために行われたのであった。

少し脱線するが、筆者も戦時中に肝試しを体験したことがある。戦争の末期、米軍の空襲を避けて埼玉県の禅寺に学童集団疎開をしていたときのことである。真夜中にお寺の墓場を経過して、闇に包まれた林のなかを、ひとりで一巡する肝試しであった。明治維新から七十余年。当時の日本には、まだ昔のサムライを育てる慣習が残っていたのである。

「ある保守主義者」の第一節では、外国の読者が理解できるよう、サムライの子弟に施された教育が説明されている。年少のころから武芸の訓練をはじめ、中国の四書五経の素読を習うこと、古からの神々と祖先の霊を尊崇すること、切腹の作法を含めて厳格な武家の礼儀作法を身につけることなどである。ハーンが描いた「かれ」も、こうして礼節に厚く、克己心に富み、信愛と忠節と大義のためには身命を辞さない男に成人したと書かれている。

「かれ」の幼少時代は黒船の来航がもたらした幕末動乱の時代であった。第二節と第三節では、初めて異人を見た日本人の恐怖心と好奇心が語られ、その容貌が醜悪、奇怪に木版画に描かれていたことが紹介されている。しかし、幕府が大政を奉還し、明治新政府によって新しい政治がはじまると、若者への教育も急激に変わった。諸藩に設けられていた藩校には、お雇いの外人教師が迎えられ，「かれ」が学んでいた藩校にもイギリス人の教師がやってきた。

やがて廃藩置県と廃刀令が行われ、サムライの身分を失った人々は、経験したことのない変革の時代に向き合うことになる。藩校で英語を習った「かれ」は、さらに英語を身につけようと、内陸の城下町をはなれて、外人が居留する横浜に出て行った。そこは野卑で荒々しい開港場の雰囲気に包まれていた。愛国者の「かれ」はそうした開港場の異人たちに反感をもち、自国に仇《あだ》なすものの本性をきわめることが愛国者の責任だと考えていたが、異人たちと接するうちに「かれ」の考えは少しずつ変わっていった。

第四節では、教育と伝道のしごとに没頭している年老いた宣教師と出会い、この老宣教師を信愛するようになったことが語られる。老宣教師は「かれ」にフランス語、ドイツ語、ギリシャ語、ラテン語を教え、自分の書庫を開放して自由に出入りすることを許したのであった。やがて「新約聖書」を読んだ「かれ」は、聖書の教義のなかに孔子が説いた教訓に通じるものを知って驚いたことが記されている。「かれ」は十代後半の多感な青年であった。

やがて主人公である青年の「かれ」は、西洋文明の強大な力の源泉がキリスト教に由来するとすれば、西洋の高度の宗教を採用し、国民全体の改宗につとめることが愛国者の責任と考えるようになった。思いつめた主人公の青年武士は親族の反対を無視してキリスト教徒になった。先祖代々の宗旨を廃棄することを覚悟した行動である。

それは家督の廃嫡、旧友の蔑《さげす》み、位階の喪失、窮乏というような結果を意味するものであった。こうした心境の変化を語った第五節に続いて、「かれ」がキリスト教の信仰を棄てた経緯が第六節で語られる。

「かれ」がキリスト教徒であった時間は短かった。キリスト教から西洋の研究に入った「かれ」は、十九世紀の西洋に興った新しい思想、哲学を探求した。それが誰の著作であったのか、ハーンは記していないが、筆者は、当時のキリスト教会が「キリスト教の敵」としていたダーウィンの進化論であったのではないかと想像する。あるいはハーバート・スペンサーの進化論的倫理説であったかもしれない。

西洋のさまざまな思想、哲学について質問する「かれ」に対して、教会の外国人宣教師たちは納得できる説明を与えることができなかった。「信仰には有害な書物だ」といって、お茶を濁すだけであった。懐疑の思いを募らせた「かれ」は、ついに「キリスト教の敵が説く意見に賛成せざるを得ない」と公開の席で発言し、教会を去ってしまった。

背信とか堕落とか、周辺は激しく非難したが、「かれ」は宗教の価値と存在理由まで否定する意思はなかった。開港場の現実は、キリスト教の求める道徳観念と遠く離れたものであったが、「かれ」は西洋で宗教が道徳にどのように影響しているか、ヨーロッパ諸国を歴訪してつぶさに研究してみたいと望んだ。

こうして宗教上の懐疑主義者になった「かれ」は、政治思想の面では自由思想家になり、反政府の言動を隠さなかった。このため、「かれ」は政府の怒りを買い、不穏な言動をした仲間とともに、国外に退去せざるを得なくなった。朝鮮を経て、シナに渡り、学校の教員をして生計を立てたこと、そこでマルセーユ行きの汽船に乗ったことが語られる。

「ある保守主義者」の第七節は、「かれ」がフランス、イギリス、アメリカで目にした西洋文明の実相をかなり細かく描いている。「かれ」は多くの都会に住み、そこでさまざまな職業で働きながら、流浪の旅を続けた。「かれ」がはじめて見る西洋の大都市は、幾世紀もの時を積み重ねて作られた「秩序ある力の凄さ」を見せていた。しかし、無限に続く、切り立った石の壁と壁の間には、「かれ」の心に訴えるものがなかった。

パリでみた習作の裸体画やフランスの近代文学は、サムライ精神が染み付いた「かれ」を驚かせ、こういうものを生み出した社会が腐敗しているのだという確信を与えた。貧民窟も見たし、教会のそばにある春画の店も見学した。日本のような宗教の「禁制力」はどこにも見られず、「虚偽と、仮面と、快楽を追い求めてやまない利己主義の世界ばかりであった」と語っている。

イギリスで「かれ」が見たものは、幾多の国々の財宝をがぶ飲みしている姿であった。その多くは他国から収奪したものであり、この国の文明とは、正直者と狡猾な人間、力のないものと力のあるものの果てしない争闘を意味すると述べている。しかし、「かれ」は英国紳士の気風のなかに日本のサムライ精神に似たものがあると知り、英国紳士の四角四面の冷やかさのかげには、いつも変わらぬ親切、友情の大きな力、世界の半ばを領有した胆の太さが隠されていると語っている。

アメリカに渡った「かれ」は、国の体制を問わず、血も涙もない無情な貧窮が広っていることを目にして、東洋の思想とは全く正反対の思想を基盤とした西洋文明への夢は消え果てた。「かれ」は近代の西洋文明に潜む「計算ずくめの機械主義と功利主義」「飽くことを知らない貪欲さと残虐さ」「底なしの偽善と富の傍若無人さ」を憎み、そこに「堕落の深淵」を見た。

こうして西洋文明の道義性に失望した「かれ」の心に、一つの決意が生まれていた。その決意は、祖国の日本が古来、持っている正邪の観念や大義名分の理想を打ち捨ててはいけない。東洋文明が生んだ精神世界を破滅の渦中から救うために献身しようという決意であった。「かれ」は、死力を賭して最高の道徳的理想を追求すべきと教えられたサムライとしての信念を固く持ち続けていたのである。

こうして文明の精神的基盤を探す魂の遍歴の末、「かれ」は「保守主義者」となって帰国した。ハーンの「ある保守主義者」の第八節は、「かれ」の乗船が故国に近づいたとき、曙の空に富士の霊峰を仰ぎ見たときの感動を描いている。

その壮観に打たれて、だれもかれも、しばらくのあいだは、唖のように、息をのんでいた。と見るうちに、萬古の雪は、刻々に金色に変わりだし、やがて真白になったと思ったときには、朝日は、すでに水平線の弓の上にさし出て、…旭光は早くも頂上いっぱいに光を投げかけていた。（中略）
―「ああ、あなたがたは、目のつけどころが低い。もっと上を見よ。もっと高いところを」―このことばは、妙に、かの流浪者の耳朶《じだ》に残ることばだった。このことばの余韻は、いつまでもかれの耳の底に鳴りひびいて、何とも得体のつかぬ伴奏を奏でた。すると、たちまち、いっさいが朦朧としてきた。目には、空に秀ずる富岳も見えず、…湾内に群がる船舶の影も、そのほか、近代日本を形づくる一切の物という物が、なにもかにも、見えなくなってしまった。ただ、古い日本だけが、かれの眼底に、ありありと見えていた。

「かれ」、雨森信成がハーンに語った魂の遍歴は、こうして霊峰富士に涙を流して終わった。西洋文明の根源を求めて流浪した雨森の魂は、古い、美しい故国、日本の心に回帰したのであった。

若き雨森信成の信仰生活

雨森信成の生い立ちに入る前に、彼が生まれた越前の福井藩についてふれておこう。福井藩の藩祖は徳川家康の次男　結城秀康《ゆうきひでやす》で、二代将軍秀忠の兄にあたるが、秀康は事実上の人質として豊臣秀吉の養子となった。その後、関東の名家　結城氏を継いだが、秀吉の没後、松平姓に戻り、関ケ原の戦功によって越前一国を与えられた。福井藩は有力な親藩として処遇され、幕末の禄高は三十二万石である。

幕末の十六代藩主　松平春嶽《まつだいらしゅんがく》（慶永《よしなが》）は英明な資質で知られ、開国論者であった熊本藩士の横井小楠《よこいしょうなん》を招いて政治顧問とした。藩校明道館《めいどうかん》に洋学を導入するなど藩政の改革を進めるとともに、将軍継嗣問題では一橋慶喜《ひとつばしよしのぶ》を擁立して幕政改革を進めようと図った。

日米和親条約の締結に踏み切った大老の井伊直弼《いいなおすけ》と対立し、安政の大獄では春嶽自身も隠居、閉門を命じられている。また、春嶽の意向をうけて奔走した福井藩士の橋本《はしもと》左内《さない》が伝馬町牢獄で斬首されている。その後、復活した松平春嶽は、朝廷と幕府が協力して国難にあたろうという公武合体論をとり、一時は政局の立役者であった。

このような歴史的背景のなかで、雨森信成は安政五年（一八五八年）の春、福井藩士松原十郎《まつばらじゅうろう》の次男として生まれた。雨森は養子先の姓であるので、しばらくは松原信成の名前で話を進める。松原家は知行三百石の中級武士の家柄で、父親の十郎は幕末の長州戦争に出陣し、戊辰戦争では新政府軍の一員として会津若松城の攻略戦に加わっている。

幼少期の信成は、「ある保守主義者」の第一節に描かれたように、サムライの子としての厳格な教育をうけて育った。七、八歳になって、藩校明道館に進んだ信成は四書五経の素読にはじまって、武道の鍛錬にも励んだ。孔子を尊崇していた藩主の方針にしたがって、藩校の学習では孔子学派の漢学が重んじられ、信成は「礼節に厚く、克己心に富み、信愛と忠節と大義のためには身命を辞さない男に成人した」とハーンは記している。

明治の新時代になって明新館《めいしんかん》と改称された藩校に、明治三年（一八七〇年）六月、イギリス人のアルフレッド・ルセーが英語教師として迎えられた。ルセーは陽気な人づきあいのよい教師であったが、生徒たちは初めて見る外国人の先生に異常な好奇心をもち、相撲を挑んで体力を探るなどの振る舞いをしたという。いたずら盛りの生徒たちのなかで、十二歳の松原信成は熱心に英語を習う生徒であった。

その翌年、アメリカ人のウィリアム・エリオット・グリフィスが理化学の教師として藩校明新館に着任した。グリフィスはアメリカ・ニュージャージー州のラトガース大学を卒業した二十八歳の青年であった。グリフィスは着任すると、日本で初めての理化学実験室を設計し、最新の科学知識を教えている。

ラトガース大学はプロテスタントのオランダ改革派教会が運営する名門大学で、この大学に福井藩から日下部《くさかべ》太郎が留学していた。グリフィスは日下部にラテン語を教えていた縁で福井藩に招かれたのであるが、明治四年に廃藩置県が行われて藩校が廃止されたため、グリフィスは東京大学の前身である大学南校に移った。大学南校では、明治七年まで物理と化学などを教え、アメリカに帰国したあとはオランダ改革派教会の牧師になっている。

グリフィスは日本滞在中の研究をまとめて『皇国』という著書を出版するなど、西洋人による日本研究の先駆者として知られている。十三歳の少年であった松原信成は、このグリフィスに感化されて西洋に眼を向けるようになったのであろう。グリフィスの日記には松原の名前がある。明治四年九月、松原信成は四人の友人とともに福井を出立し、横浜に向かった。サミュエル・ロビンス・ブラウン博士について学ぶ旅立ちであった。

ブラウン博士はエール大学を卒業した教育者であると同時に、キリスト教を日本に布教する使命を託された宣教師であった。安政六年（一八五九年）、フルベッキ、シモンズとともに日本に向かい、フルベッキは上海を経て長崎に、ブラウンとシモンズは開港したばかりの横浜に上陸している。ブラウンはそれから八年間、聖書を日本語に翻訳する作業を続けるとともに、幕府の依頼を受けて日本の青年たちに英語を教えていた。

ブラウンは一時、アメリカに帰国したが、明治二年（一九六九年）に再び来日し、横浜の洋学校　修文館《しゅうぶんかん》で教鞭をとった。修文館の前身は幕末の横浜に幕府が設立した学問所であるが、廃藩置県のあと、県外からの生徒も受け入れていたので、松原らはブラウン博士の教えを受けることができたのである。「ある保守主義者」の第四節に登場する「老宣教師」はブラウン博士である。

そこで描かれたように、ブラウン博士に信愛された松原信成は、博士の書斎に出入りして西洋文明の偉大さを知った。また新約聖書を読んでキリスト教に目覚めていった。そのころ（明治五年）、日本で初めてのプロテスタント教会が横浜に設立された。日本基督公会といい、ここに集まった人々を「横浜バンド」とよんでいる。主なメンバーとして植村正久《うえむらまさひさ》、押川方義《おしかわまさよし》、井深梶之助《いぶかかじのすけ》、奥野昌綱《おくのまさつな》、本田庸一《ほんだよういち》らの名前があげられるが、いずれも日本のキリスト教の指導者になった人々である。

若き松原信成もこの横浜バンドの一員であったが、明治六年、信成は親戚の雨森家の養子になった。雨森家は家禄六百石の上級藩士で、家老クラスに次ぐ家柄であったが、当主が病死したため、親戚の信成が養子に迎えられたのである。以下、雨森信成として、ブラウン博士を中心としたキリスト教の布教活動とのかかわりをたどることにしよう。

明治七年、雨森信成は語学に堪能であることを買われて新潟英語学校の教師であったワイコフの仕事を手伝うことになった。新潟に行った雨森信成は、ワイコフを助けるとともに、新潟で医療宣教活動をしていたセオバルド・A・パームの通訳兼助手になった。パームの病院では、雨森の通訳によってパームの説教が行われたが、医療が行われている間、雨森が患者たちに聖書の話をすることもあったという。

また、パームの布教活動に同行していたとき、通訳をしていた雨森が聴衆から暴行を受けたこともあったと伝えられる。浄土真宗の信徒が多い新潟では、キリスト教への反感がとりわけ強かったのである。危険を感じた雨森は新潟を去って横浜のブラウン塾に戻った。そこで讃美歌の翻訳などをしている。

一方、福井にいた雨森家の義母は「ヤソの信者は嫌い」といってキリスト教の信仰を許さず、信成との養子縁組は絶たれることになった。長く続いたキリシタンの禁制は前年に解かれていたが、それから日が浅いだけに、キリスト教に対する一般の感覚はこうしたものであったのだろう。「ある保守主義者」の第五章に記されているように、キリスト教の信仰に入ることは、世俗的にいって周囲からの反感や結果としての貧困を覚悟せねばならないことであった。

こうした犠牲を払いながら、雨森信成は明治十年（一八七七年）、築地に開校した東京一致神学校に神学生二十四名の一人として入学した。東京一致神学校はそのころ東京や横浜で布教活動をしていたプロテスタント系の三つの教会が合同で伝道することになり、日本人の伝道師を養成するために設けた神学校である。改革派教会とか長老教会など宗派の違いを超えて日本での布教を進めようというブラウン博士の考えに基づくものであった。

神学校で伝道師の資格を得た雨森信成は、のちに神学者として日本のプロテスタントのリーダーになる植村正久とともに上州へ、またのちに青山学院院長になる本田庸一とともに上総と房州へ出かけて伝道活動をしている。また、新潟の英語学校で授業の手伝いをしたワイコフに請われて、先志学校の学監を務めたこともある。先志学校は神学校に進もうと志す学生のために設けられた予備校で、明治十四年にワイコフを校長として開校し、のちに明治学院に統合されている。

このころの雨森は二十歳《はたち》代の前半。若き雨森信成は、語学に堪能で、キリスト教の信仰に忠実な青年伝道師であった。

グリフィス先生への雨森の手紙

「ある保守主義者」の主人公である「かれ」が誰であるか、長い間、わからなかった。それが雨森信成であることを明らかにしたのは、グリフィスの研究者 山下英一さんである。山下さんは郷里の福井県で高校の英語教師をしていた時代から、グリフィスの研究を長く続け、その成果をまとめた『グリフィスと日本』は平成七年に近代文芸社から出版された。この本のなかに、雨森がグリフィスに宛てて出した英文の手紙二通が紹介されている。

このうちの一通は、グリフィスからの手紙を受け取った雨森が返信として書いたもので、一九〇四年（明治三十七年）十二月二十一日の日付がある。福井藩の藩校明新館でグリフィスの教えを受けたときから、すでに三十二年の歳月が過ぎていた。二人が手紙のやり取りをするようになったきっかけは、雨森がアメリカの雑誌『大西洋評論』に「日本の精神」（*The Japanese Spirit*）という論文を寄稿したことで、これを目にしたグリフィスはかつての教え子の論文であることを推測して、論文への感想を書いた手紙を雑誌社に託したのであった。

この手紙を受け取った雨森の返信は「なつかしい先生からのお便りをいただいた私の喜びは先生のご想像以上です」というお礼の言葉ではじまり、自分が松原とよばれ、青白い顔の身体の弱そうな少年であったこと、先生の化学の講義を受け、散歩のお供をしたことなどの思い出を記している。また「私はこれまで波乱に富んだ人生を送ってきました」と書いたうえで、次のように記している。山下さんの訳文で手紙の一部を引用しよう。

…おそらく喜んでいただけるでしょうが、私は故ラフカディオ・ハーンの『心』（これは私に捧げられた）の中の論文 *A Conservative* の本人なのです。この中でハーンが話している英国人の先生はアルフレッド・ルセー先生で、きっと憶えていらっしゃると思います。もちろん、ハーンなりに話の大要を潤色していますそれはご承知のように出来事を理想化するためですが、大体のところこの論文はある時期までの私の人生の歴史を物語っています。

さて私はあの時以来、学校の教師や、ある事業会社の発起人になり、サムライ三〇〇〇人と広大な土地の開墾の仕事をしました。三つの商社の経営、新聞の編集、印刷業、朝鮮王の相談役として協力、西洋思想を吸収する一方、大和魂を守る、つまり西洋文明を強化する協会を組織する仕事などをしてきました。…

もう一通の手紙は翌年の四月に書いたもので、グリフィスから贈られた著書（教会での説教集）を読んだ感想を「まるで先生のおそばに座って、魂の救済のために努力なさった先生の立派なお話を聞いているような気持でした」と記している。また、福井でグリフィスの教えを受けた人々の消息などとともに、福井の街がすっかり変わってしまったことを伝えたあと、東洋と西洋の文明について、次のように記している。

…先生のおっしゃる東洋と西洋の両文明の不完全性は全く真実です。完成に到達するには双方が互いに必要であると信じますが、それだけでなく一歩進めて考えますと、この両者が一つに統一された時でも結果は完成にほど遠いと思います。もし人間自身が完全にならなければ、人間の文明は未完成のままです。というのは心の文明は人間の完成に他ならないからです。不徳と徳が天の下で未知になる時が来るまで、世界はその最初からしてきたと同じ様に呻き苦しみ続けるでしょう。

グリフィスは日本を去ってアメリカに帰国したあと、ボストンなどの教会で牧師をしている。雨森信成がこのような文明論を書いたのは、グリフィスから贈られた説教集に西洋文明を受け入れた日本の精神文化に触れた説教があったからと思われる。

ともあれ、この二つの手紙によって、ハーンの「ある保守主義者」の主人公「かれ」は雨森信成であることが明らかになった。雨森自らが、「ある保守主義者」は自分であり、「大体のところこの論文はある時期までの私の人生の歴史を物語っています」と書いていることで、この問題は完全に解決されたのである。この二通の手紙はラトガース大学のグリフィス・コレクションから山下さんが発見したものであるが、明治日本の精神を問い続けたグリフィスに対する山下さんの学問的情熱がこの手紙の発見をもたらしたと思う。

もう一つ、この手紙について考えたいことがある。「ある保守主義者」の主人公がキリスト教の信仰を棄てて国外に脱出し、西洋文明の負の側面に失望したことは事実であろうが、このあたりの描写には、ハーンなりの「潤色」があると考えてよいのではなかろうか。ハーンは「ある保守主義者」の第七節で、西洋文明の裏の姿をかなり執拗に描き、「かれ」が日本の伝統を守ろうと決意する動機づけをしているが、この部分には、雨森のいう「ハーンなりの潤色」があるのではないかと思う。

第二の手紙で雨森は、「東洋と西洋の両文明が完成に到達するには双方が互いに必要であると信じています」と書いている。この言葉から、雨森はキリスト教を基盤とする西洋文明を受け入れること自体は否定せず、西洋文明が内包する弱点を東洋文明の道徳的側面で補強しようと考えていたように読み取れる。東洋文明の道徳的側面は、とりもなおさず、サムライの子の心に染みついた武士道精神であり、魂の遍歴を経て回帰した心のよりどころであったと考えたい。

雨森・マクドナルドとハーンの友情

海外放浪の旅から帰国した雨森信成は、その後も波乱に富んだ人生を過ごした。雨森が帰国したのは明治二十年前後とみられるが、明確なことはわからない。帰国した雨森は、土佐出身の佐佐木高行伯爵が主宰した「明治会」、これは欧化主義に反対する団体であったが、その機関誌を編集する仕事を長く続けている。グリフィスへの手紙に書いたように、このころはじまった岡山県の児島湾開拓事業を手掛けて失敗したこともある。いろいろな職業を経験した雨森は、横浜元町の浅間山《せんげんやま》で茶店を営み、西洋流のクリーニング業を手広く行っていた。横浜を拠点にしていた関係で、雨森は横浜の米軍海軍病院で主計官をしていたミッチェル・マクドナルドと親しくなった。

マクドナルドは来日したハーンを親身になって世話をし、互いに信頼するハーンの親友である。明治二十四年ころ、マクドナルドは、熊本にいるハーンに雨森信成を紹介した。東洋と西洋の文学や思想に深い学識をもち、英語だけでなくフランス語にも通じた人物として、雨森を紹介したのであろう。

このとき、雨森の来歴を質問したハーンに対して、雨森が生い立ちをはじめ欧米を放浪した体験などを詳細に書いてハーンに送ったと思われる。こうした手紙は残っていないので推測でしかないが、その後、東洋文明と西洋文明についての手紙のやり取りがあり、二年あまりの長い時間をかけた推敲の末、「ある保守主義者」の原稿が完成したと考えられる。

雨森信成は、小泉八雲にさまざまな資料を提供して、八雲の創作活動を助けた、もっとも信頼のおける協力者であった。小泉八雲が来日第三作の『心』を雨森に献呈したのは、雨森への感謝の心を示すものであった。一八九四年九月に、熊本から東京のチェンバレン教授に送った八雲の手紙に、こんな文章がある。

…『横浜にて』は仏教に関した文で、老年の僧との対話です。雨森が、多くの質問に極めて見事に返事してくれて、立派に手伝ってくれました。あの男の原稿はそれ自体が驚異です。…（小泉八雲全集第十巻所収）

『横浜にて』はハーンの来日第二作『東の国から』に収められた作品で、横浜で再会した老僧と交わした対話が書き込まれている。仏教の経典に出てくる難解な言葉が繰り返されているので、ハーンは雨森にその解説を依頼したものと思われる。ハーンが、どの作品のどのような問題についてで雨森に協力を求め、雨森がどのように応えたか、明らかではない。それは、作品の協力者が公表されることをハーンが嫌ったからであるが、雨森がハーンの創作活動の誠実な協力者であったことは確かである。

アメリカ海軍を退役したマクドナルドは、横浜に永住する覚悟で来日し、横浜グランドホテルの社長になった。東京帝国大学の英文学講師として東京に移った小泉八雲と横浜に居住する雨森とマクドナルド。この三人は心を許した親友として行き来していた。

ハーンとマクドナルド

八雲の長男である小泉一雄《かずお》さんは、幼少の時にかいまみた三人の交友関係を著書の『父「八雲」を憶う』のなかで、いろいろと書いている。

・ごく幼いときに、父母に連れられて横浜のマクドナルド邸を訪れたとき、雨森が自慢の謡曲を盛んに唸っていたこと

・マクドナルドが雨森と連れ立って牛込の八雲宅に一泊したとき、若い時代のマクドナルドが鷲狩りや酒屋での出来事などを話して大笑いしたこと

・藤沢の鵠沼《くげぬま》海岸に避暑をしていたある夏のこと、三人が一緒に海に入り、腹の出た雨森が鮮やかな抜き手を見せ、マクドナルドは海軍仕込みの豪壮な泳ぎを披露していたこと…

小泉一雄さんの本には、マクドナルドと雨森の思い出がかなり頻繁に登場する。三人の友情はそれだけ濃密なものであったのだろう。

明治三十七年(一九〇四年)九月二十六日、小泉八雲は心臓発作を起こして急逝した。マクドナルドと雨森は九月三十日、市谷富久町《いちがやとみひさ》にある天台宗自証院円融寺《じしょういんえんゆう》で営まれた葬儀に参列し、大粒の涙を流したと伝えられる。

八雲の没後一年、雨森信成はラフカディオ・ハーンを追憶する一文を書き、この追憶文はアメリカの雑誌「大西洋評論」の一九〇五年十月号に掲載された。その表題は

『人間 ラフカディオ・ハーン』（***Lafcadio Hearn , the Man*** ）である。雨森は公開を避けていたハーンからの手紙の一部を引きながら、ハーンがどのような人間であったか、達意の英文で描いている。親友でしか知り得ない事柄も心を込めて記されており、ハーン研究者の間で高く評価されている。

比較文学研究の泰斗、平川祐弘さんは『破られた友情―ハーンとチェンバレンの日本理解―』のなかで、雨森の「人間 ラフカディオ・ハーン」をとりあげ、ハーンの作家としての面目や特質、雨森の人柄、両者の交友などをいろいろと論じている。ここでは、晩年の八雲の家に泊まった雨森が、深夜、何を見たのか、平川さんが訳した雨森の文章を引用しておきたい。

…私自身も夜ふかしをする方なので、その夜私は小泉家に泊まって床の中にはいっても本を読んでいた。柱時計が一時を打った。それでもハーンの書斎にはランプの灯りがついていた。低い、しゃがれた咳かなにかが聞えた。具合が悪いのかな、と気になって、私は自分の部屋を出てハーンの書斎の方へ行った。しかし、仕事中なら邪魔したくはなかったので、用心深く戸をすこしだけ開けて覗きこんだ。ハーンは例の高い机で夢中になって書いていた。鼻はもうつかんばかりである。一枚一枚とハーンは書き続けた。その途中ハーンはふと頭を上げたが、私が見たものは何であったろう。それは私が見慣れたハーンではなく、別人のハーンであった。その顔面はぞっとするほど蒼白で、大きな片眼は光り、彼はさながらこの世ならぬ何者かと情を通じているかのようだった。

平川さんは、この文章を引用したあと、「ハーンの内部には聖火のような浄い情熱が燃え、その炎の中に彼の精神は住んでいた」と評しているが、筆者はこの雨森の文章を読んで、小泉八雲の壮絶な姿に武士の心を感じた。小泉八雲は刀をペンに代え、死を覚悟して戦い続けていたのではないかと思ったのである。

サムライは大義のために生きることを求められ、その使命を達成するために命を懸けて戦うものである。ラフカディオ・ハーン、小泉八雲にとっての大義は、彼の愛する日本と日本人の心を明らかにすることであり、八雲はペンによってその使命を達成しようと覚悟していた。

かくして小泉八雲はサムライの魂をもった作家であったと筆者は考える。彼が敬愛した明治人との間には、サムライの魂が木霊していたと言いたい。

（令和四年八月）

晩年の小泉八雲

梅謙次郎

遺言を託された梅謙次郎
—民法の父は信義の人だった—

明治三十七年、西暦一九〇四年の九月二十六日、小泉八雲は二度目の心臓発作を起こして息をひきとった。二日前には、早稲田大学で通常通り講義を行なっており、文字通りの急逝であった。

当時の日本は日露戦争の最中《さなか》にあった。二月十日の宣戦布告のあと、海軍は旅順港《りょじゅん》の閉塞作戦を行い、八月にはロシアの旅順艦隊を迎え撃った黄海海戦に勝利していた。一方、陸軍は四月の鴨緑江《おうりょくこう》会戦に勝利して第一軍が満州に進出したあと、第二軍、第四軍が満州に上陸し、九月初めに日露両軍の主力が対戦した遼陽《りょうよう》会戦に勝利を収めている。乃木希典《のぎまれすけ》将軍の第三軍は旅順《りょじゅん》攻囲戦にとりかかっており、旅順要塞の死命を制する二〇三高地の死闘もはじまろうとしていた。

こうした戦況のなかで、九月二十六日、東京・西大久保にあった小泉八雲の家に満州から一通の軍事郵便が届いた。差出人は満州軍総司令官大山巌《おおやまいわお》の副官を務めていた藤崎八三郎《ふじさきはちさぶろう》陸軍大尉であった。

藤崎八三郎、旧姓小豆沢《あずきざわ》八三郎はハーンが松江中学に赴任したときからの教え子である。熊本に移ったハーンと文通を続け、その後も一緒に富士山に登るなど親密な関係が続いていた。ハーンは松江中学での教師生活を題材にした作品「英語教師の日記から」のなかで、好きな生徒の一人として小豆沢の名前をあげ、少年小豆沢を次のように描いている。

…小豆沢は大柄な、骨太の、見たところ鈍重な男だ。顔は北米のインディアンに似ている。かれの家は裕福でない。かれはたった一つ書物を買うという楽しみ以外に、金のかかる娯楽はほとんどできない身分だ。その本を買うにも、暇のある時、自分で働いて金を稼ぐのである。…とりわけかれが好きなのは、世界各国の哲学と哲学史である。…（平井呈一訳）

藤崎からの手紙を受け取った小泉八雲は、さっそく戦地の藤崎に宛てて返信を書いた。英文で三ページの手紙である。この手紙を書いたあとの夕食後、小泉八雲は二度目の強い心臓発作を起こした。「ママさん、先日の病気また参りました」と小さな声でセツに訴え、八雲はまもなく息をひきとった。セツの『思い出の記』には「少しも苦痛のないように、口のあたりに少し笑いを含んでいました」と記されている。

こうして藤崎八三郎に宛てた手紙は小泉八雲の絶筆になった。藤崎家に保管されていた手紙は東京大空襲の戦災で失われたが、幸いにその写真原版が残されており、その複写が松江の小泉八雲記念館に展示されている。八雲絶筆の手紙は、まず藤崎の無事を喜び、大久保村でも多くの人々が出征していったこと、子どもたちを連れて焼津に行き、次男巌《いわお》の泳ぎが少し上達したこと、藤崎のお母さんから親切な手紙をもらったことなどを伝えたあと、次のように記してある。手紙の最後の一節を、引用しておこう。

…恐らく露国はやがて日本と戦うことより他の何かを考えなければならぬということに気がつく―ということです。世界の商業列強の国々は露国の侵略には迷惑を被っていますし、結局露国皇帝の大砲より、産業の力がはるかに強いのです。少くとも、いやしくも諸外国の同情があるものとすれば、その同情は日本側に集まります。とにかく、露国が満州を失うのは必然であると私は考えます。…独仏大戦争この方、遼陽の大会戦ほどの、両国の大軍がぶつかった大会戦はありません。そのような大会戦の現場へ私の手紙を届けることができると思うと全く驚くべきことと思われます。…（梶谷泰之訳）

日露戦争の行方を見通した、ジャーナリスト小泉八雲の面目躍如というべき絶筆である。この手紙を書いた数時間後に、死が訪れるとは思ってもいなかったのだろう。八雲は「来春か、遅くとも夏には君に会えると期待している」と手紙に記していた。このとき、小泉八雲は五十四歳。梅謙次郎《うめけんじろう》の話に入る前に、小泉八雲の晩年をたどっておこう。

小泉八雲の晩年

明治二十九年（一八九六年）、帝国大学文科大学の講師に招聘された小泉八雲は、妻セツとともに神戸から上京し、九月初めから大学での講義をはじめた。月曜から金曜まで週十二時間、英文学史、詩論、詩人論などの講義であった。すでに帰化の手続きを終え、日本人になっていたが、文科大学学長外山正一《とやままさかず》のはからいで、高給で迎えられる外国人教員並みの待遇であった。

教壇に立った八雲は、学生たちが筆記できるようにゆっくりと口述し、難しい単語はつづりを言い、句読点も指示してあたかも文章を書くように講義をしていた。その声は高く透き通り、「流れる水の音楽のようであった」という回想もある。講義が終わったあと、学生たちは下宿に集まって、筆記ノートを突き合わせ、間違いや書き落としを補っていたと伝えられる。これは、銭本健二、小泉凡共著の『八雲の五十四年―松江からみた人と文学―』から引用した。

後年、教え子たちによって保存された八雲の講義録が出版されているが、学生たちの心を揺さぶったからこそ、貴重な講義ノートが残されたのであろう。八雲が東京帝国大学の教壇に立ったのは、明治二十九年から三十六年までの七年間である。この間に受講した学生として、土井晩翠《どいばんすい》、上田敏《うえだびん》、小山内薫《おさないかおる》、川田順《かわだじゅん》、厨川白村《くりやがわはくそん》らの名前をあげることができる。

このうち、土井晩翠は大学卒業後に処女詩集『天地有情《てんちうじょう》』を発表している。島崎藤村の『若菜集《わかなしゅう》』と並んで、日本近代詩の黎明を告げた詩集である。晩翠は大学三年生のときに八雲の講義を受けたが、終生八雲への感謝の念を忘れず、昭和四年に行われた八雲の二十五回忌に際しては、「小泉八雲先生」と題して二十五首の和歌を捧げている。そのうちの一首を紹介しておこう。

詩美《しび》の郷《さと》レスボスの島　おほいなる文豪ヘルンうまれしところ

晩翠とともに小泉八雲の講義を聴いた上田敏は、優れた訳詩によって日本の詩壇に大きな影響を与えた。フランスの詩人ヴェルレエヌの訳詩「秋の歌」は今でも口ずさまれる。

秋の日の　ヴィオロンの　ためいきの　身にしみて　ひたぶるに　うら悲し…

この二人に続いて八雲の講義を聴いた人々。近代演劇運動を牽引した小山内薫、佐佐木信綱門下の歌人として活躍した川田順、英文学者であり、自由恋愛を説いた厨川白村らの顔ぶれを思い浮かべると、教育者としての小泉八雲は日本近代詩の黎明を導いただけでなく、明治日本の文芸の開花に大きな貢献をしたといってよい。

＊

明治三十六年（一九〇三年）一月、「文科大学講師の契約を三月末で終了する」という通知が突然、小泉八雲に宛てて送られてきた。文科大学学長井上哲次郎《いのうえてつじろう》の名前による解雇通知であった。八雲を招聘した文科大学学長外山正一《とやままさかず》は三年前に死去していた。このころ東京帝国大学では、俸給の高い外国人教師を解任して日本人教師に代える動きが進められていた。その方針に沿って事務的に行なわれた解雇通知と思われるが、事前に何らの話し合いもなく、全く突然の解雇通知に小泉八雲は激怒した。

晩年の八雲は講義の準備とともに、執筆の時間を削り出して『怪談』などの著述を続けていた。しかし、責任感の強い八雲は、講義の準備や学生の文章の添削などに手を抜くようなことはなかった。そう自負していただけに、大学側の誠意のない解雇通知に激怒したのである。

新聞報道でこれを知った学生たちは、大学当局の措置に憤慨し、集会を開いて留任を願い出る代表を小泉邸に送り出した。代表三人のうちの一人、落合貞三郎《おちあいていさぶろう》は松江中学以来の教え子であり、後年、小泉八雲の多くの作品や手紙などを訳出している。学生たちは大学当局に八雲の留任を強く求め、井上学長に解雇通告の撤回を迫った。留任運動の高まりを見て、井上学長は、授業時間を減らし、その分、俸給も減らすという妥協案を携えて八雲の家を訪れた。しかし、八雲の憤激は収まらず、その場で井上学長の提案を拒絶している。

こうして東京帝国大学を去った小泉八雲は、生前最後の作品となった『日本 一つの解明』の執筆に取り組んだ。退職後の八雲は、アメリカ・コーネル大学で計画されていた二十一回の連続講義に備えて、講義原稿の執筆に没頭していた。しかし、コーネル大学の事情で連続講義が中止されたため、講義原稿を書き改めることにし、『日本 一つの解明』の執筆を続けたのである。

八雲は来日以来、一貫して日本と日本人の心、換言すれば日本の精神文化の解明を目指してきた。その研究の集大成といえる『日本 一つの解明』の校正がすべて終わったのは、二回目の心臓発作に襲われる数日前のことであった。この作品は死後、ニューヨークのマクミラン社から出版され、小泉八雲の遺作となった。

一方、早稲田大学では、学監の高田早苗《たかたさなえ》を中心に坪内逍遥《つぼうちしょうよう》らが話し合って、小泉八雲を文学科の講師に招聘することになった。これを八雲に伝える使者は、東京帝国大学での八雲の教え子であり、早稲田の講師になっていた内ケ崎作三郎《うちがさきさくさぶろう》であった。内ケ崎は後年、小泉八雲の伝記編集にかかわり、資料の蒐集を手がけている。

小泉八雲は早稲田大学からの招聘を受けることについて、本稿の主人公である梅謙次郎に相談している。当時の梅は東京帝国大学教授であり、日本の民法制定の立役者として著名な法学者であった。松江の出身で、小泉セツの遠縁にあたることから、八雲は信頼する梅謙次郎に相談したのである。早稲田大学が提案した招聘の条件は週六時間の授業、年俸二千円という破格の待遇であった。（梅と小泉家の関係図を参照）

梅の助言をうけて早稲田大学の招聘を受諾した小泉八雲は、明治三十七年三月から英文学史や近世詩人批評などの講義をはじめた。教室は文学科以外の学生もいて満員の盛況であったと伝えられる。戦後、内閣総理大臣を務めた石橋湛山《いしばしたんざん》は哲学科の学生であったが、八雲の講義を聴いていたという。これは筆者の義理の伯父にあたる人物が石橋湛山の同級生で、ともに八雲の講義を聴いたことを自慢話として孫たちに話していたことである。

早稲田大学での八雲の教え子も錚々たる顔ぶれである。八雲が早稲田大学で講義をしたのは明治三十七年三月から病没した九月までの短い期間であったが、日本文学のいろいろな分野で名を成した小川未明《おがわみめい》、吉江喬松《よしえきょうまつ》、会津八一《あいづやいち》、秋田雨雀《あきたうじゃく》、相馬御風《そうまぎょふう》、野尻抱影《のじりほうえい》といった名前が並んでいる。彼らは八雲を慕い、八雲の講義振りなどをいろいろと書き残している。

梅謙次郎と小泉家の関係

梅謙次郎の妻、**かね**は小泉八雲の妻**セツ**の母方の従妹である**塩見錬**の夫、玉木十之助の姪にあたる。いずれも松江藩士の家であり、塩見家は松江藩家老の家柄である。狭い地域社会であり、互いに事情を熟知した親戚関係であったと思われ

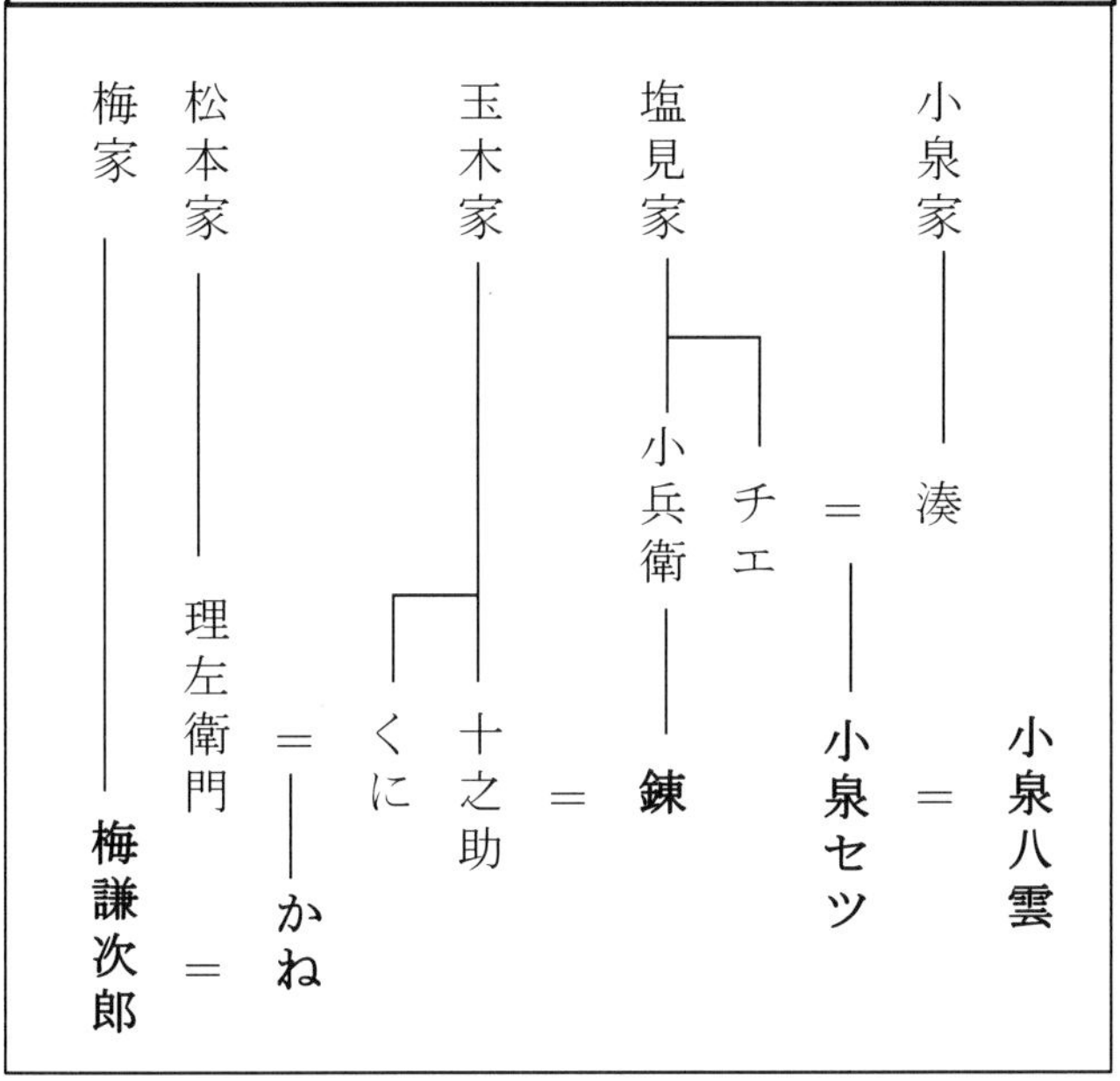

このうち、歌人であり書家としても有名な会津八一は、早稲田大学を卒業したあと、早稲田中学校で英語を教えたが、このとき、八雲の長男一雄が早稲田中学校に入学したこともあって、八雲没後の小泉家をいろいろと世話している。会津八一は後年、早稲田大学の教授となり、東洋美術史を担当した。八一が蒐集した美術品は大学に寄贈され、構内に開設された会津八一記念博物館に展示されている。また、相馬御風は有名な早稲田大学校歌の作詞者である。教え子たちを通じて、小泉八雲と早稲田大学は今もつながっているといえるだろう。

小泉八雲は教員室に和服姿が多く、学内の雰囲気に親しみを感じていたと伝えられるが、九月からの新学期がはじまって間もない明治三十七年九月十九日、一回目の心臓発作が起こった。五十歳を過ぎてから身体の老いを感じていた八雲は、まだ幼い子どもたちの将来を心配し、信頼する梅謙次郎博士に宛てて、家族の後事を託する遺書を送った。梅謙次郎は妻セツの遠縁であり、フランス語で話し合える人物であったからである。

冒頭に書いたように、この一週間後、小泉八雲は二回目の心臓発作に襲われて急逝した。葬儀は九月三十日、八雲とゆかりの深い市谷富久町《いちがやとみひさちょう》の天台宗自証院円融寺《じしょういんえんゆう》で営まれた。満十一歳に満たない少年であった長男の小泉一雄が喪主となり、葬儀委員長は遺言を託された梅謙次郎が務めた。弔意を表するため、早稲田大学は文学部の授業を休講とし、文学部の学生たちは全員、葬儀に参加したと伝えられる。

小泉一雄は後年、父の思い出をつづった『父小泉八雲』のなかで、葬儀当日の思い出を次のように記している。

博士は父の葬儀当日にも遺族並びに親戚を代表し、私の介添役を引受けられた。…当日横浜からマクドナルド氏と雨森氏が連立って会葬され、葬式後、自証院の表庭一面に絨毯の様に生じた青苔の上に立って、大男の両氏が涙の裡に我々遺族を慰め励まされた。…この日、梅博士と寺の門脇に立って帰り行く多くの会葬者に黙礼を送った時、我々の傍へつかつかと寄って来て、終始笑顔を私に向け、梅博士に仏語で二言三言何か尋ね、大きく頷いて立去って行った黒いガウンに身を包んだ旧教の坊さんが居た。…—あの強い人、マクドナルド氏と豪放磊落の雨森氏の涙。あんなに父が嫌っていた旧教の僧侶であるエック氏の礼節正しい会葬振りとあの温顔。…偉い人だが怖い小父さんとのみ聞かされていた梅博士の好い小父さん振り。—是等私の一生忘れ得ぬこの日の印象は、今猶つい昨日の事の様にさえ憶われる。

遺言を託された梅謙次郎は、ハーンの著書にかかわる版権の相続などについて小泉家の後ろ楯となった。松江出身の弁護士で、梅の後輩である岸清一は、梅の依頼を受けてアメリカの出版社と交渉し、版権移動の問題などを処理している。

フランスで敬愛された梅謙次郎

小泉八雲の葬儀委員長を務めた梅謙次郎は民法の父といわれ、郵便切手の文化人シリーズに選ばれている。また、法政大学の初代総理（総長）であったことを知る人はいるであろうが、明治の民法典論争の一方の立役者であったことなど、法学者としての生涯を知る人は決して多くはないだろう。そこでまず、梅謙次郎の生い立ちやフランス留学時代のことを記してみよう。

梅謙次郎は万延元年（一八六〇年）六月七日、松江藩の藩医梅薫《うめかおる》の次男として、山陰の城下町松江に生まれた。宍道湖畔に近い松江市灘町の一角に、梅の生誕地を示す石碑がある。万延元年は江戸の桜田門外で井伊《いい》大老が暗殺された年であるが、江戸から遠く離れた松江は、尊王攘夷の嵐が及ばない穏やかな城下町であった。

謙次郎が生まれたとき、父の薫は二十七歳、母の淳子《あつ》は二十九歳。二人の長男として二歳年上の兄錦之丞《きんのじょう》がいた。また、淳子の実父であり、薫の養父でもある祖父の道《どう》竹《ちく》も健在であった。道竹に男子がいなかったため、薫は淳子の配偶者として迎えられ、藩医の家を継いでいたのである。

梅家は代々、外科を専門とする藩医であった。出雲加茂村の医家に生まれた四代前の人物が長崎に行って医術を修業し、帰国して松江で外科医を開業したのが梅家のはじまりである。この人物の優れた医術が評判になって、松江藩の藩医に迎えられたもので、代々道竹《どうちく》を名乗り、藩から十人扶持を与えられていた。

祖父にあたる三代目の道竹は文政三年、長崎に遊学して外科術を学んだあと、大阪や江戸で修業した人物で、中国の経書や詩文にも造詣が深かったと伝えられる。その血を享けた母淳子も教育に熱心な賢母であった。

錦之丞と謙次郎の兄弟はそれぞれ五歳になったときから、祖父の道竹について漢籍の素読をはじめた。母の励ましを受けて、兄弟はめきめきと上達していったという。とりわけ、兄の傍らで経書の素読を聞いていた謙次郎の上達は速く、六歳にして『大学』や『中庸』を読めるようになっていたと伝えられる。〝謙次郎は神童〟ともっぱらの評判であった。

慶応二年、七歳のときに祖父道竹が亡くなったため、錦之丞と謙次郎の兄弟は、松江城下にあった漢学者澤野含斎《さわのがんさい》の私塾に通うようになった。澤野含斎は身分差別の厳しい時代に足軽の家に生まれ、刻苦勉励の末に漢学者として自立した人物で、含斎の培塾《ばいじゅく》は謙次郎の生家に近い宍道湖畔の雑賀町《さいかまち》にあった。

含斎は培塾に通う若者たちに「自立」と「不撓不屈」の精神を説き続け、梅謙次郎の人生にも大きな影響を与えている。小泉八雲の心の友である松江中学教頭の西田千太郎、のちに内閣総理大臣になった若槻礼次郎、そして日本スポーツ界の父といわれる岸清一は、梅兄弟のあと、培塾で含斎の薫陶を受けた人々である。

培塾に通うようになった梅謙次郎は七歳のころには漢詩を作ったという。祖父道竹の教えをうけていたからであろう。八歳のときに作ったという「秋夜宿山寺」（秋の夜山寺に宿る）と題された漢詩を紹介しておこう。

方丈談玄興。　方丈　玄を談じて興ず。
焚香至夜深。　香を焚きて夜深きに至る。
庭前幽趣足。　庭前　幽趣足る。
林月照人心。　林月　人心を照らす。

筆者の勝手な読みであるが、山寺の住職さんが香を焚きながら深遠な老荘の道を話してくれているうちに深夜になってしまった。眼の前の庭は幽玄な趣が深く、林にかかる月は人の心を照らすようだ、というほどの意味であろう。おそらく含斎が添削を施しているのだろうが、八歳の子がこのような漢詩を書く能力を身につけていたという事実は信じがたいことである。

神童と評判される弟の存在は、兄錦之丞の勉学を叱咤激励するものであった。維新直後の明治二年(一八六九年)、十二歳になった梅錦之丞は西洋医学を学ぶために京都・大阪への留学を命じられ、弟の謙次郎は藩校の修道館に入学した。

入学直後のこと、十歳の謙次郎は藩主・松平定安《さだやす》の前で五経を読んで褒賞を受けている。また十二歳のときには、藩主の前で日本外史に関する論考を述べて列座の人々を驚かしている。謙次郎の天才ぶりを伝えるエピソードである。

明治五年、十三歳のときに謙次郎は藩校・修道館の中に設けられた洋学校に移り、フランス人のアレキサンドルとスイス人のワレットについて、フランス語などを学びはじめた。後年、フランスに留学する基礎はこのときに築かれたといってよい。しかし、謙次郎は漢学への関心を失わず、この間にも培塾に澤野含斎をたずねていたという。このころ培塾に入門した若槻礼次郎は「梅兄弟を見習いなさい」と事毎にいわれたと回想している。

明治の新時代になって廃藩置県が断行され、続いて国民皆兵をめざす徴兵制度がはじまった。明治四年から六年にかけてのことである。旧藩時代の藩士たちは藩の軍事や行政を担う代わりに、藩主から俸禄をもらっていたが、多くの藩士たちは、その職と収入を失うことになったのである。

明治六年、政府は士族たちが自立して生計を立てられるよう、家禄を奉還する士族たちに政府が発行する秩禄《ちつろく》公債を渡す授産政策をはじめた。これに応じた士族たちは、秩禄公債を資金にして新しい生計の道を探した。あるものは土地を買って農業をはじめ、あるものは商品を仕入れて商売をはじめた。しかし、「士族の商法」という言葉が生まれたように、多くのものが商いに失敗し、資産を失うことになった。梅薫もその一人であった。

明治七年の秋、一家をあげて上京した梅薫は、京橋に土蔵付きの家を買って呉服店を開業したが、仕入れた反物を詐欺にあって失い、呉服店を閉じざるを得なかった。そのあとはじめた薬の店や手ぬぐいの店も失敗し、梅家はその日の糧にこまる生活に陥ったのである。もちろん家は人手に渡り、政府からもらった秩禄公債は一枚残らず売り払っていた。

梅一家は大通りの露店で手ぬぐいを売り、そこで得られるわずかな収入で暮らすどん底の暮らしであった。明治八年の春、東京外国語学校に入学した十六歳の謙次郎は、学校に通うかたわら、夜は父に代わって露店の店番をしていた。夜店のカンテラで教科書を読む日々だったと回想している。こうした貧苦のなかで母の淳子が病に倒れ、ついに帰らぬ人となった。孝心に篤い謙次郎は汚物の洗濯までして看病を続けたという。

すでに医学の道に進んでいた兄の錦之丞は、明治十二年、東京大学医学部を卒業し、命じられてドイツに留学していた。弟の謙次郎も成績は抜群で、明治十三年、東京外国語学校を首席で卒業し、司法省法学校に入学した。二十一歳であった。この法学校は司法省に必要な人材を養成するための学校で、定員百人、学業期間五年、奨学金のほか、寄宿生には食料や学用品が賄われることになっていた。

貧窮の謙次郎には願ってもない学校であったが、たまたま寄宿生に欠員が生じたため、東京外国語学校を首席で卒業した謙次郎が、選抜されて入学試験の機会が与えられたのであった。入学試験は論語の解釈と資治通鑑《しじつがん》の白文に訓点をつけるものであった。幼少のときから澤野含斎のもとで漢学を学んでいたことが、人生の岐路となるこのときに役立ったのである。

法学校時代の梅謙次郎は、明晰な頭脳と精力抜群の勉強でたちまち頭角をあらわした。全国各地から集まった猛者ぞろいを相手にした弁論は鋭く、とりわけ記憶力は周囲を驚かせるものであった。わずか一週間で、三百ページを超えるフランス史の教科書を暗記したこともあったという。それでいて、いくら酒を飲んでも崩れることはなかったと伝記に書いてある。

成績は常に首席を占めていたが、卒業試験のときは腸チフスにかかり、試験を受けることができなかった。しかし、それまでの成績が抜群であったため、各教員の認定によって司法省法学校を首席で卒業し、法律学士の称号を与えられた。明治十七年、謙次郎は二十五歳であった。前年、ドイツに留学していた兄の錦之丞はドクトルの称号をえて帰国し、東京大学医学部の眼科講師に迎えられていた。

大学を卒業した梅謙次郎は司法省法学校の教職を経て、母校である東京大学法学部の教員となり、法律研究のためにフランスに留学することを命じられた。明治十八年の暮、フランス船のタイナス号で横浜を出港した謙次郎は、翌年の二月、フランス南東部にあるヨーロッパでも指折りの名門大学であるリヨン大学に入学した。フランス語に通じた謙次郎はたちまち優秀な成績を残して、「すごい日本人の留学生がいる」と周囲の人々を驚かせた。

謙次郎は特別の扱いで博士（ドクトラー）の学位試験に応ずることを許され、二回も最優秀の評価を受けて特別の褒詞を与えられている。明治二十二年、梅謙次郎は渾身の力を傾けて卒業論文に『和解論』という長大な論文を提出した。この『和解論』はローマ法に遡り、民法の和解に関する基本理念を論述したもので、卓見に満ちたその内容は試験官全員を感服させたという。

梅謙次郎は明治二十二年七月、最優等の成績でリヨン大学から「ドクトゥール・アン・ドロワ」（法学博士）の学位称号を与えられた。謙次郎三十歳のときである。リヨン市は「ヴェルメイユ賞牌」を贈ってその栄誉を称えるとともに、市費で謙次郎の卒業論文を出版した。この『和解論』はフランス国内だけでなく、ヨーロッパの学会に驚きを与え、新聞も謙次郎の業績を書きたてたのであった。当時、フランスにいた日本人留学生を見る目が変わったという証言も残されている。

十九世紀後半のフランスには、浮世絵をはじめ扇子などの工芸品がいろいろと持ち込まれ、印象派の画家たちを中心に、いわゆる日本趣味、ジャポニズムが盛んであった。ゴッホの代表作として名高い肖像画「タンギー爺さん」の背景には、富士山を描いた歌川広重の浮世絵などが描きこまれている。ゴッホがこの作品を書いたのは一八八七年ごろであり、ちょうど梅謙次郎がリヨン大学に在学していた時期であった。

リヨン市が市費で『和解論』を出版した背景には何があったのだろうか。絵画の世界でのジャポニズムにみられるように、日本文化の独創性に関心が高まっていたことがあるかもしれない。民法上の和解は、当事者が互いに譲歩して争いをやめることを約束することである。和解の本質はお互いが譲るべきところを譲り合う精神であると思うが、とかく自分の権利をあくまで主張しがちな西洋人にとって、互譲の精神で争いを解決する梅謙次郎の『和解論』に、法律の世界における日本文化の独創性を感じたのかもしれない。

フランスで敬愛された梅謙次郎は、日本人の遺伝子ともいえる「互譲の精神」の持ち主であったと思う。

和解論の復刻本

民法典論争から民法の父へ

リヨン大学でドクトルの学位を得た梅謙次郎は、ドイツのベルリン大学で一年間、法律の比較研究を行ったあと、明治二十三年（一八九〇年）八月に帰国し、東京大学法科大学の教授に迎えられた。来日したラフカディオ・ハーンが松江中学の英語教師として赴任する十日ほど前のころである。三十一歳になっていた謙次郎はこの年、旧松江藩士松本理左衛門《まつもとりざえもん》の娘かねを妻に迎えている。

当時、日本の法曹界は山県有朋《やまがたありとも》内閣が公布した民法の施行を延期するか、断行すべきかの論争で揺れていた。梅謙次郎は断行派の立役者として民法典論争に加わり、その後の民法制定にあたっては、穂積陳重《ほずみのぶしげ》、富井政章《とみいまさあきら》とともに起草委員として条文の作成にあたった。なかでも梅は、帝国議会の審議に際して主導的な役割を果たし、民法の父とよばれている。

戦前の民法が定めていた戸主制度やその背後にある家の観念など、民法典論争の結末がもたらした影響は大きいと思われる。戦後の民法改正で戸主制度はなくなったが、現代の日本で政治課題になっている夫婦別姓の問題も、淵源をたどれば、民法典論争に行き着くといえるだろう。いささかわずらわしいと思われる方もいるだろうが、日本人の社会観を知る意味で、戦前の民法が制定される過程を概観しておきたい。

まず、民法典論争の歴史的背景をみておこう。安政五年（一八五八年）、幕府は日米修好通商条約を締結し、続いてオランダ、ロシア、イギリス、フランスの諸国と同じ内容の条約を結んだ。

この条約は横浜・神戸などの開港と外国人居留地の開設、双方の商人による自由貿易を約束したうえで、輸入品に対する日本側の関税は、双方の協定によって税率を決めることを定めていた。税率を自由に決める関税自主権がなく、外国との協定税率にしばられる条約であった。また、日本人に対する外国人の犯罪については、日本に駐在する領事が自国の国内法に基づいて裁判することを認めていた。領事裁判権を容認した条約である。

輸入関税については、慶応二年に行われた交渉によって、五パーセントという税率に固定される状態になった。この交渉は、四カ国連合艦隊の下関砲撃という軍事的圧力のもとで行われたもので、すでに弱体化していた幕府はこの税率を受け入れるしかなかった。この低い税率のもとに、日本の市場には安価な外国商品が大量に流入し、日本の金銀が大量に流出する結果を招いた。

また、領事裁判では、日本の量刑より軽い判決がくだされることがあり、日本からみて不当な判決も多くみられた。日本と欧米諸国では、家族についての社会通念をはじめ物の売買、貸借などの社会慣行が異なり、犯罪に対する刑罰も概して日本の方が厳しかったからである。日本側では、主権国家の尊厳が失われているとして、領事裁判権の撤廃を望む声が高まっていった。

関税自主権の回復と領事裁判権の撤廃は、明治新政府の大きな課題であった。明治四年から五年にかけて、欧米を歴訪した岩倉使節団は、不平等条約の改正を打診したが、列強から厳しく拒絶された。列強からみると、日本には「切り捨て御免」のような封建時代の社会慣習が残っている。刑法、民法、訴訟法などの近代的な法律体系は未整備である。このような状況で領事裁判権を撤廃しては自国民を守れない、という主張であった。

条約改正が極めて困難であることを痛感した明治政府は、国の近代化で応えるしかないと決意を固め、まず廃藩置県を断行するとともに、士農工商の身分制度を廃止した。また、キリスト教の禁制を撤廃し、廃刀令でサムライのシンボルである刀の携行を禁止した。その一方、司法省は法典の整備にとりかかり、ヨーロッパ諸国で模範とされていたナポレオン法典の翻訳をはじめたのである。

しかし、法典の翻訳は難航した。フランスと日本の国情が異なり、法律用語も一から作らなければならなかったからである。そこで、三代目の司法卿になった佐賀藩出身の大木喬任《おおきたかとう》は、フランスからギュスターヴ・ボアソナードを法律顧問として招聘し、日本の国情を考慮した近代的法典の起草にあたらせた。

ボアソナードはパリ大学を卒業した法学者で、明治六年に来日し、司法省法学校でフランス法学を講義するとともに、長く日本に留まって法典の編纂にあたった。法典編纂事業は、まず刑法典と今日の刑事訴訟法にあたる治罪法典の編纂からはじめられた。江戸時代まで各藩が独自の法度《はっと》を制定し、藩によって刑罰がまちまちであったからである。ボアソナードは拷問が行

ボアソナード博士

われていたことに衝撃を受け、拷問の廃止を強く主張したと伝えられる。

ボアソナードが中心になって編纂された刑法と治罪法は、元老院の審議を経て明治十三年に公布され、二年後に施行された。しかし、明治十二年に着手した民法典の編纂は難航した。法典の基礎になる家族、結婚、相続などの習俗は地域によって異なり、商取引の慣例もいろいろであったからである。

ボアソナードはフランスの自然法思想に立ちながら、日本の国情に適合する法律にしようと心血を注いだ。日本人の法律家も加えて編纂に着手してから十年。明治二十二年に民法典は完成し、翌二十三年の春、山県内閣によって公布された。この民法典は人の身分や財産の取得、債権と担保などの五篇で構成され、明治二十六年から施行されることになっていた。

フランスの民法典に範をとって編纂されただけに、この民法典は自由と平等を基本理念とし、財産については、所有権の不可侵と契約の自由、そして自己責任の三つの原則に基づいて構成されていた。一方、人の身分については、個人を重視するヨーロッパ的な家族観のもとに、婚姻や相続などが規定されていた。

この民法典に対して、法曹界の有力なグループであった法学士会が施行の延期を求める意見書を発表し、新聞や雑誌に掲載された。法学士会はイギリス法学を学んだ東京大学出身の法学士たちが組織した団体で、有力な法学者や弁護士らがいろいろな論点から延期論を展開した。

延期論の論点は大別して二つ。一つは、社会が激しく変化しているなかで、人や財産の基本的な規律を拙速に定めるのは危険であり、状況を見定めてから民法を制定すべきだとする慎重論であった。もう一つは、公布された民法典の個人主義的な理念に反発し、特に家族法は日本の伝統的な観念に合致しないと非難する議論であった。

後者の代表的な論文は、明治二十四年に法学者の穂積八束《ほずみやつか》が発表した『民法出でて忠孝亡ぶ』というもので、これをきっかけに、民法典論争は法曹界や言論界だけでなく、創設されたばかりの帝国議会を巻き込む政治論争になった。穂積八束の主張を要約しておこう。

① 日本古来の家族制度は祖霊を敬い、家長の権威に従うことを基本としている

② 古代ヨーロッパの社会もこれと共通する性格のものであったが、神の前の平等を説くキリスト教の信仰によって、家や家族の考え方が変わった

③ ヨーロッパの個人主義的な家族観に立った民法を導入すると、日本古来の家族制度が崩壊し、忠孝を大切にする伝統的な価値観が失われる

一方、延期論に反発して、民法の施行を予定通りに断行すべきだという議論も活発に行われた。断行論の中心になったのは、司法省法学校でボアソナードに学んだ法学者や弁護士などのグループで、今日の明治大学や法政大学の前身である法律学校でフ

ランス法学を講義している法学者が中心であった。
明治二十三年に帰国した梅謙次郎もこの民法典論争に加わり、断行論を代表する論文を書いている。その論点を要約してみよう。

①現在の裁判は、明確な条文がないまま、バラバラな慣習法に基づいて行われている。成文法を速やかに制定して、国民と裁判官に示す必要がある

②不平等条約を改正しようとするならば、速やかに民法典を制定しなければならない

③公布された民法典には、戸主制度だけでなく養子や庶子の定めもあり、民法は忠孝を滅ぼすという議論は、他者を陥れるための事実を捻じ曲げた議論である

明治二十五年に開催された第三回帝国議会では、民法典の延期を求める議案が提出され、激烈な論争が繰り広げられた。穂積八束の論文に刺激された保守系の議員たちが民法典を激しく非難する演説を続けるなかで、延期派の議論が大勢を占め、ボアソナードが心血を注いで編纂した民法典は葬り去られた。

この時代は、欧化主義を唱えた鹿鳴館時代の反動もあって、伝統への回帰を叫ぶ国粋主義的な傾向が強まっていた時代であった。民法典論争の結末は、こうした保守回帰の時代状況が反映されているとみることもできるだろう。

民法典の施行延期を決めた議案は、明治二十九年までに新しい民法典を制定するこ

とが定められていた。当時の内閣総理大臣伊藤博文は自らを総裁とする法典調査会を設け、民法典の起草委員に穂積陳重、富井政章、梅謙次郎の三人を選んだ。いずれも法科大学教授の職にあり、民法典論争では穂積と富井は延期論、梅は断行論と立場を異にしていたが、法典の起草にあたっては、三人が協議し、葬られた旧民法典の条文を修正していった。

民法の編纂に臨む梅の方針は、一刻も早く民法の制定にこぎつけたいというもので、三人の会議では穂積と富井の議論を聞いていた梅がペンを走らせ、条文を書き上げることが多かったと伝えられる。「立法の天才」と評される梅謙次郎は抜群の記憶力を生かしてペンを走らせたのであろう。

こうして起草された新しい民法は、総則、物権、債権、親族、相続の五篇に分かれ、前の三篇は明治二十九年の議会で、後の二編は明治三十一年の議会で可決された。梅謙次郎は政府委員として法案の提案理由を説明したほか、法案審議での答弁回数は圧倒的に発言回数が多かったと伝えられる。頭の回転が速く、弁論術に優れていた梅の才能があったからであろう。

戦前の民法が制定される過程で、梅謙次郎が果たした役割はまことに大きかった。わずかな時間しかないなかで、複雑多岐にわたる民法が成立したことは梅の存在があったからといってよい。それゆえに梅謙次郎は民法の父とよばれている。

民法の父は信義の人だった

梅謙次郎は明治四十三年（一九一〇年）の八月、韓国政府の法律顧問として京城（ソウル）に滞在していたとき、腸チフスに感染して急逝した。発病したのは八月九日、高熱が続き、二週間後の二十五日に死亡した。五十一歳であった。日韓併合条約の調印から三日後のことである。

梅がソウルで客死した事情を記しておこう。明治三十八年、日韓協約によって韓国統監府が開設され、初代統監に就任した伊藤博文は韓国の法律制度を整備するために、梅の協力を求めた。伊藤に請われて韓国政府の法律顧問に就任した梅は、たびたび韓国に渡り、韓国の法典編纂についていろいろと助言していた。このときも大学の夏休みを利用して渡韓していたのであった。

ソウルで客死するまでの二十年間、梅は民法や商法を担当する教授として帝国大学法科大学の教壇に立ち続けた。その間、法典調査会の起草委員として民法典の編纂にあたったのをはじめ、明治三十年には法科大学学長となり、それとともに、内閣法制局長官と内閣恩給局長を兼任した。その三年後、第四次伊藤内閣のときには、文部省の総務長官を務めている。

民法典編纂の責任者であった伊藤博文は、梅が行政実務にも優れた手腕をもっていることを知り、深く信頼していた。梅もまた国家への貢献を学者の責務と考えていたからこそ、伊藤は梅を起用し、梅も責任の重い役職を二足も三足もはいたのであろう。したがって梅の日常生活は多忙を極めた。伝記によれば、一日の睡眠時間は三〜四時間のことが多かったという。

法曹人を育てるために、梅が携わった教育の場は、官学の東京帝国大学だけではない。留学から帰国した明治二十三年からソウルで死亡するまでの二十年間、私学である法政大学とその前身である和仏法律学校で講義を続けている。

梅が帰国したとき、和仏法律学校の校長はフランス民法典の翻訳に取り組んだ箕作《みつくり》麟祥《りんしょう》で、梅の旧友である富井《とみい》政章《まさあき》や本野《もとの》一郎《いちろう》も講師を務めていた。本野はフランス留学時代に親しく交わった友人であり、のちに外務大臣になっている。富井は司法省法学校時代からの旧友で、のちに民法典の起草委員を務めている。

本野と富井は横浜に入港した船内で梅を出迎え、和仏法律学校でも講義をするよう心を込めて懇請した。梅は当初、法科大学に出講することだけを考えていたが、「国家のために、私学での法曹教育を高めたい」という二人の説得を受け入れ、和仏法律学校の学監として出講することを承諾したのであった。

いったん約束したことは、ことが成就するまでやり遂げる。これが梅謙次郎の信念であった。和仏法律学校の学監から校長を務め、明治三十六年(一九〇三年)、法政大学になると、初代総理（のちの総長）に就任している。前記の公職と合わせて法政大学の運営に力を尽くすことはさぞ大変であったと思われるが、梅は講義に手を抜くことはなかった。

刊行された梅の著述は『改正商法講義』『会社法綱要』『民法要義』など数多いが、なかでも和仏法律学校から発行された『民法要義』全五巻は、法律研究者必読の名著といわれ、百年を過ぎた現代でも、高額の『民法要義』が再発行されている。梅の著作は、国民に法律を理解してもらおうと平明な論旨で書かれており、立法者が解説しているだけに、立法の趣旨がよく理解できるからであろう。

これだけ多忙な人が膨大な著作を残したことは驚くほかない。超人的な精力の持主であったのだろう。その背後には、いったん引き受けたことはやり抜くという堅い信念があったのだろうと思われる。古風な表現を用いるならば、堅忍不抜の精神力で生きたといえるだろう。

法政大学総理としての梅謙次郎は、日清戦争の相手であった清国人留学生の支援に力を注いだ。日清戦争に敗れた明治三十年代の清国は、国家体制の近代化を進めるために、日本に多くの留学生を送り出していた。しかし、法律を学ぼうとする留学生が少なかったため、梅は明治三十七年、大学のなかに清国人留学生が短期間で法律を学ぶ速成科を設けて、清国からの留学生を受け入れた。梅は留学生に次のように訓示している。

日支両国（日本と清国）は同文同教の国であって、根本の道徳観念を同じくしている。日本は泰西（西洋）の文物制度を研究し、その長を採って我が短を補い、これを調和折衷して法典を編成した。清国が編成する新法典の参考になるであろう。諸君、この趣旨を心に刻んで修行を遂げ、自国のために貢献せよ。

清国留学生の事情を配慮して、速成科の修行年限は一年半であったが、二年後には修行年限三年の普通科を設けている。法政大学に学んだ清国留学生は千人を超えるということで、日本から帰国したあと、清国政府の要路に就任したものも多い。孫文の側近として辛亥《しんがい》革命に活躍した汪兆銘《おうちょうめい》は梅謙次郎の教え子である。梅謙次郎は心を込めて清国の留学生を支援した。それは何故であろうか。留学生への訓示にあるように、日中両国が同じ精神的基盤に立っているという思いが強かったからであろうと思われる。それは、祖父に漢詩文の素読を習い、少年時代に松江の漢学者澤野含斎に学んだことによって、儒教を中心にした道徳観念が梅謙次郎の魂に刻み込まれていたからではないかと思う。

梅謙次郎がフランスに留学していたとき、眼科医であった実兄の梅錦之亟《きんのじょう》が最新鋭の眼科病院を開設しようとして、実現する前に多額の負債を残して急逝した。帰国した謙次郎は兄の負債をすべて引き受け、数年後に完済したと伝えられる。この間、自分の私生活にお金を使うことはなく、古びた繕いのある服を着て、平然として大学の教官会議に出席していたという。また留学中の謙次郎は見聞したヨーロッパ事情を原稿にして日本の新聞社や書店に投稿していた。そうして得た原稿料を故国の父に送り、老父の生活を支えていたと伝えられる。

梅謙次郎が松江の足軽の街にあった漢学塾培塾で、恩師澤野含斎の薫陶を受けたことは先に記した。繰り返しになるが、小泉八雲の心の友である西田千太郎は、同じように培塾で澤野含斎の薫陶を受けた後輩である。さらに松江藩の足軽の子で、西田千太郎の後輩である若槻礼次郎も培塾に学んでいる。若槻は苦学して司法省法学校に学び、帝国大学フランス法科を卒業している。

若槻は司法省法学校時代から梅の指導を受けており、ソウルで客死した梅謙次郎の十七回忌が営まれたときは、内閣総理大臣の任にあった。十七回忌の席で、梅を偲ぶ追悼演説をした若槻は澤野含斎と梅謙次郎の師弟関係を次のように述べている。

梅博士は出版された著書を必ず師のもとに贈っていた。リヨンで出版された『和解論』を手にした澤野先生は原語を読めなくても、謙次郎が書いたと喜んでおられた。『民法要義』も大切に戸棚に収めておられた。はたの見る目も羨ましいくらい師弟の愛情は濃やかであった。

若槻はこのあと、「民法を一貫して流れているものは正義と自由である」と述べ、民法典改正の動向について「反動的立法ができたときの国民の利福、そして安寧の危機を考えると、梅博士の遺された正義と自由の原則はどうしても動かしたくない」と発言して、満場の拍手を受けている。少年時代から梅謙次郎を知る同郷の後輩、若槻礼次郎の発言だけに「正義と自由」という梅のキーワイドは重いものがある。

梅謙次郎の生き方。それは堅忍不抜の精神力を保ち、いったん約束したことはやり抜く。戦いに敗れた相手にも誠実に対応する。親兄弟を敬愛し、恩師への報恩の念を忘れない。一言でいえば、信義と誠実を重んじた人生であった。それは幼少のときに培われたサムライ精神の発露であったといえるかもしれない。

（令和五年七月）

新渡戸稲造

結びに　新渡戸稲造の『武士道』から

新渡戸稲造の『武士道』は、明治三十三年（一九〇〇年）、アメリカの出版社から英文で刊行された。原題は『武士道　日本の魂』（Bushido : the Soul of Japan）で、日本思想の解明（an exposition of Japanese thought）という副題が添えられている。新渡戸がこれを執筆した明治三十二年は、日清戦争に勝利して急速に台頭する日本に欧米諸国の高い関心が向けられていた時期で、各国で翻訳された『武士道』は世界的なベストセラーになった。

日本語への翻訳も多くの人によって行われ、矢内原忠雄《やないはらただお》訳の岩波文庫『武士道』は昭和十三年の初版以来、版を重ねて読み継がれている。近年では、山本史郎《やまもとしろう》訳の『対訳　武士道』が朝日新書に加わり、格調の高い原文とわかりやすい現代文の翻訳を対比しながら読むことができる。

十年ばかり前のことである。ベルギーの著名な法律学者であった故ド・ラブレー氏のお宅に泊めていただいたおり、あるときの散歩のおりに話題が宗教のことに及んだ。「まさか君、学校時代に宗教教育がなかったなどというんじゃないだろうね」と教授は言われた。
いや、そうだと答えると、驚きのあまり足を止めて、「宗教教育がないだって！　どうやって子どもに倫理を教えるのかね」と何度も言われたあの声が忘れられない。そう言われると私のほうも唖然として、すぐには答えが返せなかった。子どものころ学んだ倫理は学校で教わったわけではないからだ。そうして、私の正邪の観念を作り上げている諸々の要素をつらつら考えてみるに、それを心に吹きこんでくれたのは武士道だったのだということに気がついた。（山本史郎訳）

これは『武士道』の序文に記された冒頭の文章で、自らの倫理観が武士道に培われていたことに気がついた事情を記している。

【小泉八雲と新渡戸稲造】

この序文のなかで、新渡戸稲造は武士道、すなわち日本の魂を著述する自分の立場を刑事裁判の被告人にたとえ、ラフカディオ・ハーンを弁護人に、またバジル・ホール・チェンバレン教授を検事役にたとえている。今度は矢内原訳で引用しよう。

一方にはラフカディオ・ハーンとヒュー・フレーザー夫人、他方にはサー・アーネスト・サトウとチェンバレン教授が控えている間にはさまって、日本に関する事を英語で書くのは全く気のひける仕事である。ただ私がこれら高名なる論者たちに勝る唯一の長所は、彼らはたかだか弁護士もしくは検事の立場であるのに対し、私は被告の態度を取りうることである。**（注）**

（注） 検事役にたとえられたアーネスト・サトウは、明治維新の前後、駐日英国公使館の外交官（通訳）として生麦事件や薩英戦争などにかかわった人物で、著書に『一外交官の見た明治維新』を残している。チェンバレンは明治初期から日本に滞在し、東京帝国大学教授として活躍した日本研究の先駆者で、『古事記』の完訳や『日本事物誌』などの著作がある。この二人の著述は西洋人の眼で十九世紀の日本と日本人を観ており、稲造からすれば、西洋と異なる側面を指弾する検事の論告とも感じられたのであろう。

ハーンとともに弁護人にたとえられたヒュー・フレーザー夫人のメアリーは、駐日英国公使の夫とともに日本に滞在した時代の回顧録を残している。メアリーは「日本を本当の故郷」と書くほど、日本に好意的であった。

新渡戸の『武士道』が出版される前に、ハーンのいくつかの著作はすでにアメリカで出版されていた。アメリカで病気療養中であった稲造は、ハーンの来日第一作である『知られざる日本の面影』を読み、「英語教師の日記から」に登場する西田千太郎に親しみを感じていたかもしれない。西田と新渡戸はともに文久二年の生まれで、ともにサムライの子であった。

また来日第二作の『東の国から』に収められた「九州の学生とともに」を読んで、ハーンが敬愛した漢文の老教師、秋月悌次郎の生き方に共感したのではないか。新渡戸稲造は盛岡藩士の家に生まれたが、盛岡藩は奥羽越《おううえつ》列藩同盟に組して戊辰戦争を戦い、新政府軍に敗れて家老が処刑されるなど、苦難の道を歩んでいる。戊辰戦争に敗れた会津藩の悲惨な運命を知る立場にあっただけに、ハーンから「剛毅、誠実、高潔」と評された秋月悌次郎の生き方に共感したのではないかと考えるのである。

さらに『心』に収められた「ある保守主義者」の主人公が語った魂の遍歴を読んで、深く想うところがあったかもしれない。

主人公のモデル、雨森信成は福井藩士の子であり、盛岡藩士の家に生まれた新渡戸稲造と雨森はよく似た境遇で幼年期から青少年時代を過ごしている。ともにサムライの子として厳格なしつけをうけて育ち、少年時代はそれぞれの藩校で漢学に親しむとともに、早くから英語を学んでいる。サムライ精神は骨の髄まで刻み込まれていたのである。

青年時代の新渡戸は札幌農学校の二期生として北海道に渡り、クラーク博士の薫陶を受けた一期生たちからキリスト教の伝道を受けた。キリスト教に魅かれた稲造は同期生の内村鑑三らとともに函館に駐在していた宣教師、メリマン・ハリスから洗礼を受けている。

一方、雨森は横浜に出て西洋の精神文化に目覚めるとともに、アメリカから来た老宣教師、ブラウン博士の信愛をうけて、いったんはキリスト教に入信した。雨森は欧米各地を放浪し、西洋文明の醜い現実に失望してキリスト教を離れたが、ハーンに語った雨森の魂の遍歴に、稲造は深く想うところがあったのではないかと思う。

ともあれ、新渡戸稲造は『武士道』を執筆する際に、ハーンの作品を深く読み込んでいたことは間違いない。武士道の源流を説明した『武士道』の第二章では、ある剣豪が免許皆伝を与えた弟子に「これからは禅の教えに従いなさい」と諭したことを記し、禅とは「瞑想によって、言葉を超えた思考の境地に達しようとする人間のいとなみ」であると書いている。この説明はハーンの来日第五作である『異国風物と回想』から引用したものであり、稲造はこれを注に明記している。

ハーンが出会った島根県知事の籠手田安定は、無刀流を創始した山岡鉄舟の高弟であったが、山岡鉄舟は「禅理に立った剣法」を説いていたことを思い出していただきたい。籠手田知事のサムライ精神は禅理にたった武士道精神であったといえるかもしれない。

【サムライ精神とは何か】

サムライ精神と聞いて、二〇二三年の春、WBC ワールド・ベースボール・クラシック大会で優勝したサムライ・ジャパンの面々を思い浮かべる人がいるだろう。チームの名前にサムライという言葉を用いたのは、サムライという言葉が含意する「敢闘精神」を期待したからであろうか。

年配の人ならば、黒澤明監督の映画『七人の侍』を思い起こすかもしれない。困窮する村人たちを救った、あのサムライたちの義侠心は、日本人が培ってきた「義」の心を呼び覚ました。だから映画が成功したのかもしれない。「敢闘精神」や「義侠心」がサムライ精神の一面をあらわすことは間違いない。

しかし、サムライ精神はもっと広い、武士として生きる倫理規範であったことは確かである。新渡戸稲造の『武士道』は、まず騎士道を意味するChivalry《シヴァリー》という言葉で武士道を説明し、西洋の騎士道と対比しながら、サムライ精神すなわち武士道の倫理的性格を論じている。

武士道は日本の国の華《はな》。国の象徴である桜とともに、日本の土壌に生えた純潔の華である。それは…今なお日本人の心に、今を彩る美として、そして力として息づいている。形として目に見えず手に触れることもできないが、それは依然として人の倫《みち》の骨格をなし、我々は今もなおその強い磁場の中にいることを感じずにはいられない。（山本史郎訳、以下の引用も山本史郎訳による）

これは『武士道』第一章の冒頭の一節で、武士道が日本固有の倫理体系であり、今も日本人の倫理観の骨格になっていることが強調されている。新渡戸自身の実感を反映した言葉であると思われる。第一章は武士道が「人倫の道である」ことを概括的に説いたもので、西洋の「フェアプレイ」の精神や「ノブレス・オブリージュ」の観念、つまり高貴な人間が果たすべき責任感が、武士道においても強く求められていると述べている。

武士道の源流を論じた第二章では、武士道が封建時代の主従関係から生まれ、その後の歩みのなかで神道や仏教などの思想的影響を受け、日本固有の倫理体系として成熟していった過程が説明されている。なかでも武士たちの倫理体系は、孔子や孟子の思想から大きな影響を受けていることを指摘し、次のように述べている。

政治と倫理にわたる孔子の教えは、冷静かつ慈愛にあふれ、世間知に富んでいるので、支配階級となった武士には、とくに相性よく感じられた。その貴族的で保守的な色調は、武によって立つ為政者のまさに必要とするところであった。

孔子についで、孟子も武士道に大きな影を落とした。孟子の時として民衆擁護に淫する力強い学説は、惻隠の情（同情心）のゆたかな者にとってきわめて魅力的だが、現存の社会制度を脅かし、秩序潰乱のおそれがあるとすら考えられていたので、「孟子」はずっと批判のもとにあった。しかし、孟子の言葉は常に武士の心に宿っている。


著者の新渡戸稲造はもちろん、本書でとりあげた七人の明治人はすべて幼少の時代から儒教の教えに親しみ、その影響を受けて人格を形成していたことを思い出していただきたい。とくに、小泉八雲の心の友になった西田千太郎、民法の父といわれる梅謙次郎、そして梅を追悼した総理大臣の若槻礼次郎が、いずれも僻地であった松江城下の漢学者　澤野含斎の薫陶を受け、終生その恩義を忘れなかったことをあらためて指摘しておきたい。

吉田松陰は萩の松下村塾に蟄居していたとき、門人たちとともに「孟子」を読み、その講義録である『講孟余話』のなかで、黒船来航以来の政治のあり方を痛切に論じている。日本の初代総理大臣である伊藤博文は吉田松陰の教え子である。近代日本経済の父といわれる渋沢栄一は儒教道徳に立った経営の在り方を説き、『論語と算盤』を残している。伊藤と渋沢に代表される明治人の心には、新渡戸が指摘したように、孔子や孟子の心が宿っていたといえるだろう。

新渡戸稲造の『武士道』は、サムライ精神の中核となる倫理規範について、第三章以下で個別に論じている。山本史郎氏の翻訳に従って、個別の徳目を列挙しておこう。参考のため、新渡戸が用いた英語を括弧のなかに示しておく。

◇廉直、または「義」(Rectitude or Justice)
◇勇気、勇猛心と不動の心(Courage, The Spirit of Daring and Bearing)
◇仁、惻隠の心(Benevolence, The Feeling of Distress)
◇礼儀正しさ(Politeness)
◇誠(正直)、すなわち嘘をつかないこと(Veracity or Truthfulness)
◇名誉(Honor)
◇忠義(The Duty of Loyalty)

日本のサムライは、こうした徳目を身につけるべく、幼少のときから厳格な躾をうけて育ち、とかく安逸を求めようとする心を抑えて、堅忍不抜の精神力を養ってきた。『武士道』の第三章で、新渡戸は次のように述べている。

「廉直」であること、または「義」(正しい道)であることは武士の行動規律のなかでもっとも力強い教えである。武士にとって忌むべきことの第一は、裏取引や曲がったふるまいである。…ある著名な武士によれば、「それは決意する力である」という。「廉直とは、理性に基づいて何らかの行動をとることを決意し、そこからぶれない力である」と。(中略)

人の心は慈愛であり、「廉直」あるいは「義」は人の道であると孟子は説いた。…孟子の三百年後に、異なる土地で、人類の偉大な師であったキリストが話した寓話も同じ趣旨である。キリストは自らのことを、人が失ったものを見出すための「義の道」であると言ったのであった。

クリスチャンであった新渡戸稲造は、日本の魂である武士道精神とキリスト教の教えに共通する倫理性を見いだし、『武士道』のなかで繰り返しこれを説いている。随想「一刀流宗家の笹森順造さん」もこの流れにあると思う。

【サムライ精神は今も生きているか】

サムライたちが養ったさまざまな美徳は、講談や芝居、あるいは大衆文学などを通じて庶民のあいだにも広がり、時代が下るとともにすべての日本人が目指すべき目標、奮い立たせる理想になった。新渡戸は『武士道』の十五章でこのように書いたうえ、本居宣長《もとおりのりなが》の和歌 ― 敷島の大和心を人問わば 朝日に匂う山桜花 ― をひいて、日本人の国民性を桜の花にたとえている。

桜のかぐわしい香りが朝の空気に生命のいぶきを注ぐとき、美しい朝日から生まれたかのような息を胸いっぱいに吸い込む。これほど心を平和にし、生き生きとした活力を与えてくれるものがあるだろうか？

ヨーロッパ人の愛するバラは美しい花の下にトゲを隠し、いつまでも生に執着して散ろうとしない。桜の花は美しい顔《かんばせ》の下に短剣も毒もひそめることなく、移ろいやすい。その洗練された美しさ、上品さは日本人の美感に訴える。このように書いた新渡戸は武士道が猛々しい戦いの心を指すものでなく、温和で平和を希求する心であることを言いたかったのではないかと思う。

『武士道』が出版されたのは明治三十三年（一九〇〇年）。植民地を求めて列強が世界各地に進出するまさに戦争の時代、二十世紀がはじまろうとしていた。日清戦争に勝利した日本も、西洋文明を採り入れて近代国家の体裁を整え、日露戦争に向かおうとしていた。

西洋文明が広がった結果、日本の武士道は痕跡を残すことなく消滅してしまったのだろうか？

『武士道』の第十六章で、新渡戸稲造はこのように問いかけ、「一国の魂ともあろうものがそれほど早々と死にたえてしまうような、そんなみじめな話などあるものではない」と否定する。新渡戸は「武士道の影響は今でもなお、いたるところに見られる。日本人の生活をちらとでも見れば、そのことは歴然としている」と述べ、ラフカディオ・ハーンの名をあげて、「日本の心を忠実に汲み取り、雄弁な筆に託したこの作家の作品を読めば、日本人の心の作用は、とりもなおさず武士道のそれであることが分かる」と記している。

本書でとりあげた明治人七人でみたように、明治中頃までの日本には、確かにサムライ精神が生きていた。しかし、時代を超えて、日本のサムライ精神は生き続けられるのか。武士道の将来になると、新渡戸稲造の言葉は悲痛な色に染まる。『武士道』第十七章から引用しよう。

世界の主要な国々は、こぞって武士道的な戒律を根絶やしにしようとしている。ヴェブレンの言葉を借りるなら、すでに産業にたずさわる階級で、折り目ただしい行動規律が衰退、言い換えれば生活が卑俗化してきている。これは、すぐれた感性を持つ人々には、近代の文明が犯した大罪の一つとして映る。

民主主義が勝利をおさめ、抗しがたい流れとして広まってきた。…現代社会では、このような民主主義だけでも武士道の残っている痕跡を一掃するにじゅうぶんである。…これに加えて、大衆教育が普及し、産業の技術や慣習が発達し、富や都会生活が社会全体に広まりつつある。名誉の岩盤の上に築かれ、名誉という刀で守られてきた国は…屁理屈で武装した、三百代言や嘘八百の政治家の掌中に、今や怖ろしい勢いで堕ちつつある。…

武人の美徳、侍《サムライ》魂が地上から消滅するのは、なんと悲しいことであろう！

新渡戸稲造がこのように近代文明の倫理的堕落を慨嘆してから百二十余年が経った。この間に二つの世界大戦を経て、かつての植民地は独立を達成し、人類の人口は八十億人を超えた。二十世紀初頭の世界人口が推定十六億五千万人であったことを考えると、人類は繁栄の極みに達しようとしているといえるだろう。

これをもたらしたものは、科学技術文明に支えられた世界経済の発展であることは確かである。しかし、富裕な先進国と貧困に悩む途上国の格差は拡大するばかりである。これは武士道の「義」の観念にかなうことであろうか。貧困に悩む国々で内乱が起こり、難民が大量に発生し、国境に壁を設けて難民の流入を阻もうとする国が現れる。武士道の「仁」の心であったならば、どのように対処するであろうか。

民主主義国家であることを示すため、多くの国が選挙を行っている。しかし、現代世界では、大衆の支持を集めるために金をばらまく政策が横行し、大衆の恐怖をあおる情報操作も行われている。腐敗排除を掲げる左翼政党や難民阻止を叫ぶ右翼政党が世界各国で台頭している。「義」を掲げる武士道精神は、こうしたポピュリズムの台頭を許すであろうか。

東方に拡大するNATOの脅威を口実にロシアがウクライナに侵攻し、アメリカやNATOに日本も加わってロシアを激しく非難している。一方のアメリカは、イラク政権を打倒するために、核開発計画を口実としてイラク戦争を行った。これが虚構であったことが明らかになってからも、日本を含めて多くの国はアメリカのイラク戦争を明確な形で非難してはいない。アメリカを刺激することを恐れるからであろう。武士道が求める「勇気」にかなうことであろうか。

近年の日本でも、官僚が権力者の意向を忖度して公文書を偽造したり、メーカーの現場でデータをごまかしていたりと、不愉快なニュースが多い。こうしたニュースに接するたびに、日本の武士道精神は死に絶えたのかと感じるのである。しかし、私は新渡戸が『武士道』の掉尾に書いた、次のような言葉を最後まで信じたい。

「武士道は独立した倫理の体系としては消え去った。しかし、その影響は地上から失せることはないだろう。武勇の学校、名誉の学校は取り壊されても、その煌《きらめ》きと栄光は廃墟の上に末永く生き残るであろう。武士道を象徴する桜の花のように、花弁は風に散ろうとも、その香りは人類を祝福し、人生を豊かにしてくれる。長い年月がたってその慣習が葬られ、武士道という名すら忘れ去られても、その薫りが馥郁《ふくいく》と漂ってくるだろう。」

（令和五年八月）

参考文献

（小泉八雲関係）

・小泉八雲全集全十七巻（田部隆治、落合貞四郎ほか編訳、第一書房）
・小泉八雲作品集全十二巻（小泉八雲著、平井呈一訳、恒文社）
・「神々の国の首都」「明治日本の面影」「光は東方より」「日本の心」（小泉八雲著、平川祐弘編訳、講談社学術文庫）
・新編　日本の面影Ⅰ・Ⅱ（小泉八雲著、池田雅之編訳、角川ソフィア文庫）
・小泉八雲事典（平川祐弘監修、恒文社）
・文学アルバム　小泉八雲（小泉時・小泉凡　共編、恒文社）
・小泉八雲展─生誕160年来日120年─（神奈川文学振興会編、神奈川近代文学館）
・父　小泉八雲（小泉一雄著、小山書店）
・ヘルンと私（小泉時著、恒文社）
・八雲の五十四年─松江からみた人と文学─（銭本健二・小泉凡著、松江今井書店）
・ヘルン今昔（八雲会編、恒文社）
・ラフカディオ・ハーンの日本（池田雅之著、角川選書）
・八雲会誌ヘルン合冊本1～23号（八雲会編集発行）

（西田千太郎関係）

・小泉八雲　思い出の記（小泉節子、恒文社発行）
・鎌倉の吉田松陰（土谷精作著、かまくら春秋社）
・西田千太郎日記（島根郷土資料刊行会）
・松江北高等学校百年史（松江北高）
・島根評論西田千太郎先生追悼号（島根評論第12巻）

（籠手田安定関係）

・県令　籠手田安定（鉅鹿敏子著・発行）
・山岡鉄舟伝（牛山栄治著、日本青年会）
・山岡鉄舟の武士道（勝部真長著、角川書店）
・剣と禅（大森曽玄著、春秋社）

（秋月悌次郎関係）

・会津士魂・続　会津士魂（早乙女貢著、集英社）
・秋月悌次郎―老日本の面影―（松本健一著、作品社）
・落花は枝に還らずとも（中村彰彦著、中央公論社）
・京都守護職始末（山川浩著、平凡社東洋文庫）
・生き方の美学（中野孝次著、文芸春秋社）

〈服部一三関係〉

・服部一三翁景伝（服部翁顕彰会）

・日本被害地震総覧（宇佐美龍夫他著、東京大学出版会）

・論文「1884年ニューオーリンズ万国博覧会と日本の展示」（楠本町子、愛知淑徳大学）

・論文「小泉八雲と服部一三」（中川智視、地震学史懇話会会報41号）

〈濱口梧陵関係〉

・小泉八雲　西洋脱出の夢（平川祐弘著、講談社学術文庫）

・濱口梧陵伝（杉村楚人冠著、日本評論社・楚人冠全集第七巻）

〈雨森信成関係〉

・破られた友情―ハーンとチェンバレンの日本理解（平川祐弘著、新潮社）

・グリフィスと日本（山下英一著、近代文芸社）

・ラフカディオ・ハーンと六人の日本人（染村絢子、能登印刷出版部）

〈梅謙次郎関係〉

・博士　梅謙次郎（東川徳治著、大空社）

・民法典論争史（星野通著、日本評論社出版）

・法学セミナー増刊号　日本の法学者（潮見俊隆編、日本評論社）

・梅謙次郎　日本民法の父（岡孝著、法政大学出版局
・追悼文「梅博士を偲びて」（若槻礼次郎、島根評論第三巻）

（新渡戸稲造関係）

・武士道（新渡戸稲造著、矢内原忠雄訳、岩波文庫）
・対訳　武士道（新渡戸稲造著、山本史郎訳、朝日新書）
・サムライ・マインド（森本哲郎著、ＰＨＰ研究所）

あとがき

へるん先生は幼いときから身近な存在でした。

小泉八雲の旧宅と小泉八雲記念館は松江城の北側の濠に面しています。この濠に沿って武家屋敷の通りを東に向かいますと、小さな橋を渡ったところに普門院というお寺があります。筆者の母はこの普門院の東側に広がる武家屋敷街の一角に生まれました。母の実家は松江藩の中級武士の家柄で、代々、藩主の傍らに仕える役目を務めていました。

幼いころ、母に連れられて普門院の前を通ったとき、母が「この辺にお化けが出るのよ」といったことを覚えています。太平洋戦争がはじまる前、私が五歳か六歳のころの記憶です。のちになって『知られざる日本の面影』の「神々の国の首都」を読んだとき、普門院のあたりが怪談「小豆研ぎ橋」の舞台であることを知りました。母の一言が、地元に伝わる幽霊話によるものか、ハーンの「小豆研ぎ橋」によるものなのか、今となってはわかりません。

幕末の小泉家は現在の松江市南田町にあり、母の実家は北へ三百メートルほど離れた北田町にありました。この街に生まれ育った母方の祖母は小泉セツさんと同じ年代で、おそらく顔見知りであったろうと思われます。小泉家と母の実家伊東家の系図を数代遡りますと、伊東家は小泉家の次男を婿に迎えていたこともわかりました。

こうした関係があって、小泉八雲の孫である故小泉時さんと尚子夫人に親しくさせていただき、八雲会誌「ヘルン」など多くの参考文献を頂戴しました。お二人の息子で、ハーンの研究者である小泉凡さん（小泉八雲記念館館長）には、ハーンのいろいろな側面についてご教示をいただき、八雲の絶筆になった藤崎八三郎あて書簡の写しなど貴重な資料をいただきました。深くお礼を申し上げます。

筆者の父も小泉八雲の教え子たちと深い関係があります。父の義兄が早稲田大学で石橋湛山とともに小泉八雲の講義を聴いたことは本文で触れました。父は明治時代の後期、松江中学に学びましたが、ここで薫陶を受けた校長の西村房太郎先生は東京帝国大学で小泉八雲の教え子でした。

西村先生は九州諫早の儒家の出身で、大学を卒業するとともに松江中学に赴任し、校長を長く務めました。八雲会誌『ヘルン』の第4号に、「小泉八雲先生の片貌」と題する一文をよせています。小泉八雲の詩論を受講したときの思い出を記した一文で、小泉先生が「テニスン詩集の一篇を評論せよ」という課題を出したことが記されています。

この課題について、時間的余裕がないまま、参考書にとらわれずに書いた自分の答案が合格したのに対し、さまざまな注釈を勉強した親友の答案が落第したことを述べ、「学究の上でも、処世の上でも得難い指針を得た」と述べています。独創性を重視した小泉八雲らしいエピソードだと思います。

西村房太郎先生は松江中学のあと、千葉中学校長を経て、東京府立一中の校長を長く勤めました。日中戦争が長引いて、中等教育の期間を五年から四年に短縮する案が教育界の大問題になったとき、全国中学校長会の会長をしていた西村先生は「国の将来を危うくする」として強く反対し、関係者の慰留を振り切って校長を辞任しました。言うべきことは言う、気骨の士であったと思います。

戦後、千葉県市川市にある私立日出学園の園長をされていたとき、私は新設されたばかりの日出学園中等部に入学しました。西村先生の教え子であった父の指示によるものでした。親子にわたって、西村先生の薫陶を受けたことになります。西村先生は常に、志を立てて勉強することを説いていました。府立一中の後身である都立日比谷高校への進学を目指したのも西村先生のお勧めによるものでした。

このように、小泉八雲は私にとって身近な存在でありましたが、小泉八雲について、何か文章を残そうという気はありませんでした。八雲作品の翻訳と解説をはじめ、さまざまな角度からの研究書など、小泉八雲関係の文献はまさに汗牛充棟といってよいでしょう。私が付け加えるようなものを書くことができるとは思ってもいませんでした。

ところがＮＨＫを退職したあと、思いがけぬことがきっかけになって、小泉八雲とのご縁が深まりました。俳優 沢木順さんのソロ・ミュージカル『ＹＡＫＵＭＯ』の鎌倉公演に際して、実行委員会の責任者を務めたことです。鎌倉稲門会の稲田明子さん、坂麗水さん、鎌倉如蘭会の斎藤紀子さんの強いお勧めによるものでした。

チケットの頒布のために、東京六大学の鎌倉校友会を回って協力を求め、「鎌倉の小泉八雲」をテーマにした講演会を各地で開いて、キャンペインを展開しました。インドネシアをはじめ、インド洋各地に大津波が襲った大災害が発生したこともあって、ハーンへの関心が高まり、ミュージカルの公演は成功しました。十八年前の懐かしい思い出です。

これを機会に、八雲と深い関係のあった明治の日本人七人の生涯をたどる資料集めが続き、今回の著作に結実しました。直接のきっかけは、府立一中と日比谷高校卒業生の地域同窓会である鎌倉如蘭会の作品展に、手作りの私家本を出品することでした。出品を強く勧めてくれた鎌倉如蘭会の皆さんにお礼を申し上げます。

最後に、出品した手作りの私家本を見て、刊行を進めてくれたエコハ出版の鈴木克也さんに心から感謝の意を表します。

（二〇二三年夏、米寿を迎えて）

著者略歴
土谷精作（つちや　せいさく）

1935年生まれ。都立日比谷高校、早稲田大学卒業後、NHK記者。吉展ちゃん事件、安保・大学紛争などを取材。放送文化研究所長。専修、明星、大東文化の各大学で放送論、マスコミ論、情報文化論などを担当。主著『放送　その過去・現在・未来』のほか、『鎌倉の吉田松陰』『開国の先駆者たち』『縄文の世界はおもしろい』など。日本記者クラブ会員、鎌倉ペンクラブ顧問。

生きていたサムライ精神　―小泉八雲と七人の明治人―

2023年11月 1日　初版発行
2023年11月30日　第二版発行

著者　土谷　精作

発行所　エコハ出版
〒248-0003 神奈川県鎌倉市浄明寺4-18-11
TEL 0467（24）2738
FAX 0467（24）2738
e-mail ecoha.katsuya@gmail.com

発売所　株式会社　三恵社
〒462-0056 愛知県名古屋市北区中丸町2-24-1
TEL 052（915）5211
FAX 052（915）5019
URL http://www.sankeisha.com